天才王子の赤字国家再生術
12
そうだ、売国しよう
JN131115

「わ、私、ミーム・ラーレイ！」

静かな声で、そう言った。
「ウェイン・サレマ・アルバレストだ」

CONTENTS

Prince of genius rise worst kingdom

YES,treason it will do

天才王子の赤字国家再生術 12
～そうだ、売国しよう～

鳥羽徹

GA文庫

大陸中央部地図

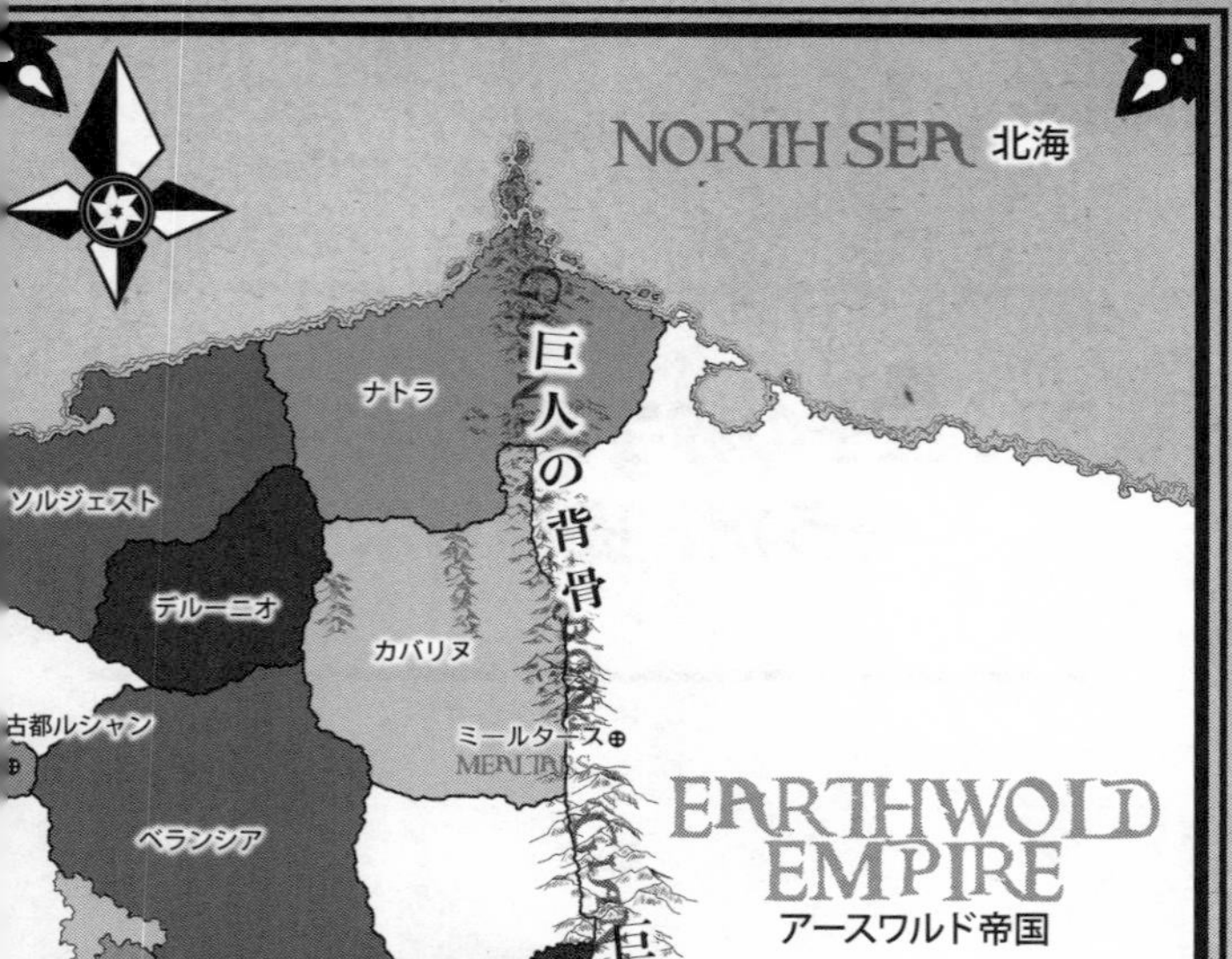
NORTH SEA 北海
巨人の背骨
ナトラ
ソルジェスト
デルーニオ
カバリヌ
古都ルシャン
ミールタース
ベランシア
EARTHWOLD EMPIRE
アースワルド帝国
ファルカッソ
バンヘリオ
巨人の背骨
PATOERA ISLANDS
パトゥーラ諸島
SOUTH SEA 南海

登場人物紹介

ウェイン

大陸最北の国、ナトラ王国で摂政を務める王太子。持ち前の才気で数々の国難を切り抜けた実績を持つ。

仁君として名を馳せるも、本人は自堕落で怠けたがりという、性根と顔面以外の全てに優れた男。

ニニム

公私にわたってウェインを支える補佐官にして幼馴染、そして心臓。

でももう少し無茶を抑えてくれないかなとちょっと思ってる。

大陸西部にて被差別人種であるフラム人。

フラーニャ

ウェインの妹にあたるナトラ王国王女。兄のことを慕い、兄の助けになれるよう日々努力中。ルシャンの選聖会議で本格的に外交デビューした。

敬愛する兄に、自分が知らない一面があるのではないかと悩んでいる。

ロウェルミナ

アースワルド帝国皇帝。皇位継承戦を勝ち抜き、史上初となる女帝の座についた才媛。

ウェインとニニムにとっては帝国士官学校に在席していた頃に、学生時代をともに過ごした親友でもある。

カルドメリア

レベティア教福音局局長。選聖公に次ぐ地位にある人物で、記録上の年齢とはかけ離れた若々しい容貌を誇る。その底知れぬ深謀と、得体の知れぬ美貌から「魔女」とも称される。

ケスキナル

変人の異名を取る帝国宰相。皇子たちによる帝位争奪戦においては、どの陣営にも与することなく中立の姿勢を貫いた。帝位争奪戦で揺れる帝国を維持し続けた圧倒的な内政手腕を有する。

第一章　そうだ、家出しよう

深く、鬱蒼とした森の中を、一人の幼い少女が歩いていた。

年の頃は二桁に届くかどうか。その眼差しは不安で揺れ動き、凹凸のある地面に何度も躓きそうになっている。風や鳥の声が響く度に肩を震わせ、怯えを見せるその様子は、彼女が森に不慣れであることを如実に示していた。

「……」

少女の目が木々の隙間から見える空へと向かう。もうじき日も暮れる頃合いだ。明かりもなしに夜の森で過ごすことの危険性は言うまでもない。少女もまた、もうじき訪れる夜闇に対する本能的恐怖という形で、それを痛切に理解していた。

焦りが少女の歩みを早くさせる。森の出口か、あるいは夜をしのげる場所が必要だ。しかし辺りを見回しても森の切れ目は見つからず、まして身を休められそうな場所など——

「あっ……」

少女の赤い瞳が、遠く離れた木々の向こう側にあるそれを見つけた。

彼女は迷わず走り出した。少女の背中を追いかけるかのように、沈み行く日差しが影を浮かび上がらせ——影に飲む込まれるより早く、彼女はそこに到着した。

「お家だ……」

少女の言葉通り、そこにあったのは一軒の邸宅だった。

偉い人の家だ、と少女は直感する。少なくとも木こりが用いるような雑多な小屋とはまるで違う、一目見て立派な作りの建物だ。夜をやり過ごす場所としてこれ以上のものはない。

同時に、僅かな逡巡が少女に過った。本来ならば、縁もゆかりもない自分がおいそれと踏み入っていい場所ではないだろう。

しかし現実的に他を探す時間的猶予は残されていない。少女は意を決して扉に触れた。

「お、お邪魔します……」

扉は施錠されておらず、簡単に開くことが出来た。

少女はおずおずと中に入る。屋内は薄暗く、明かりはない。誰も居ないのだろうか。だとしたらむしろ都合がいいのだが——

カツン、という足音が鳴った。

「ひゃっ」

少女の思いを裏切るように、誰何の声が響いた。

「あ、あの！　ごめんなさい！　泥棒とかじゃなくて」

驚きで声を上擦らせながら少女は視線を右に左に。

すると薄闇（うすやみ）の向こうから、ゆっくりと輪郭が浮かび上がった。

「っ……」

少女は思わず息を呑（の）んだ。

現れたのは彼女と同年代の少年だった。

見るからに上等な衣服と、微動だにしない佇（たたず）まい。それは彼がこの家屋の住人であり、かつ高い身分にあることを否応（いやおう）なしに痛感させる。

しかし少女が気圧（けお）されたのはそこではない。

眼だ。あの薄い褐色の眼。

それが底なしの洞（うろ）のようで、見ていると飲み込まれてしまいそうに。

「――ここに何の用だ」

少年の声で、ハッと我に返る。

「ええっと、ま、迷っちゃって、それで、もうじき夜だから、休める場所を探してて」

屋内に居ることがダメでも、せめて軒先だけでも許してもらえればと思うが、藁（わら）にも縋（すが）る思いで絞（しぼ）り出した言葉は、果たして彼の耳と心に届いたのか。

感情の宿らない瞳に見つめられている時間は、本来の十倍も長く感じられた。

そして積み重なる沈黙で窒息しそうになった頃、少年は言った。

「好きにしろ」

え、と思う暇もなかった。

少年はもう興味は失せたとばかりに踵(きびす)を返す。不審者たる自分を置き去りにして。

「あ、あのっ……」

少年の背に向かって声をかけるも、彼は立ち止まる素振りすら見せない。

「ま、待って！」

咄嗟(とっさ)に彼を追いかけて横に並ぶと、冷たい、無機質とも言える眼差しが向けられる。

少女は一瞬言葉に詰まるが、こみ上げてきた負けん気のようなものに押される形で、勢いのままに言った。

「わ、私、ニニム・ラーレイ！」

せめて不審な人間ではないと示したかったのか、口を突いて出たのは己(おのれ)の名前。

すると少年は立ち止まり、少女——ニニムをしばし見つめて、

「ウェイン」

静かな声で、そう言った。

「ウェイン・サレマ・アルバレストだ」

◆◇◆

その光景を一言で表すのならば、絢爛（けんらん）だろう。

アースワルド帝国首都、グランツラール。

そこでは今、昼夜を問わずパレードが開かれていた。

「ロウェルミナ帝万歳！」

「麗（うるわ）しき皇帝の御名（みな）を讃（たた）えよ！」

「帝国の新たな時代の幕開けだ！」

歌い、踊り、酒を飲み交わしながら民が口にするのは、一人の少女の名前だ。

帝国第二皇女ロウェルミナ・アースワルド。

先帝の死から始まった、皇子達による権力闘争から数年。ついに至高の座を掴（つか）み取ったのが、このロウェルミナだった。

「まさか本当にロウェルミナ皇女殿下が皇帝になられるとは！」

「ああ。それだけでも驚きだが、皇女殿下の……いや、陛下の演説を聴いたか？」

「もちろんだ。——私が皇帝の座に就いたのは、私の力だけではなく、それを支えた民の想（おも）いがあってこそ。私の即位は民が勝ち取った運命である、と。……なんと感動的な演説だ」

「やはり陛下は誰よりも民を慮（おもんぱか）っておられる。陛下の治世の下で、暗がりにあった我らが帝国に再び光が差すことだろう！」

当初、ロウェルミナは誰からも皇帝候補などと思われていなかった。にも拘（かか）わらず、一歩一歩己の価値を証明し、ついには対立候補である三人の皇子をなぎ倒したのである。

後世の人間はこぞってこの出来事について研究し、当時の事情を極限まで精緻に記述しようとするだろう。しかしどれほど調べようとも、彼女の歩みを完全に再現することは叶うまい。それほどまでにロウェルミナの即位は困難な道のりであった。

そしてだからこそ、困難を乗りこえたロウェルミナの声望は高まる。今やロウェルミナを讃える声は帝都のみならず、帝国全土に広まりつつあった。

そんな中、当のロウェルミナといえば、

「げっろ……」

皇宮の執務室で、積み重なった書類を前に頭を抱えていた。

「何ですかこの量。決裁するのだけでこれとか、ちょっとおかしくありません？」

「残念ながら、お忙しい陛下の手を煩わせないよう、これでも精一杯減らしております」

応じるのはロウェルミナの傍に居る補佐官のフィシュ・ブランデルだ。

「なにせまだ内乱騒動から立ち直ってない上に、帝国は広大ですので」

「そう言われるとその通りなんですが……」

帝国は本領と属州の集合体であり、基本的に州については派遣された総督や地方貴族に管理されている。が、大規模な公共事業や州をまたぐ問題などになると、帝都へと話が持ち込まれる。もちろんその大半は帝国の誇る文官達によって対応され、ロウェルミナは承認するだけの

仕事なのだが――それだけの仕事でも、なにせ大陸半分を有する帝国ともなれば、山のような書類になるのである。

「全く、右も左も仕事仕事仕事。史上初の女帝だなんて華々しい肩書きを手に入れても、やることはこれまでと変わりませんね」

「陛下がお望みであれば、全て家臣にやらせることも可能ですが」

「それをすると不正がまかり通るようになるでしょう」

「人の善意にどこまで期待出来るか、皇帝ならば試すことも許されるかと」

「……期待が外れて仕事が増える未来しか見えないので止めておきます」

「ではそのように」

辟易した様子のロウェルミナに応じながら、フィシュは小さく微笑み、思う。

(本当に、立場が変わろうとご本人はお変わりないわね)

数々の困難を乗りこえ、ロウェルミナは念願の皇帝となった。浮かれる気持ちもあれば、享楽に耽る権力も持ち合わせていよう。だというのに彼女は、僅かな身内相手に喜びを示した後、すぐさま皇帝としての職務に取りかかった。皇帝という絶対的な地位を得ながら、粛々と帝国の立て直しに励む彼女の姿は、それこそ善なる者の好例だろう。

ロウェルミナ人気は広まっているものの、政治が女子供に扱えるわけもなく、帝国は暗黒時代を迎えると嘆く者も依然としている。しかしフィシュの考えは逆だ。落陽を迎えつつあった帝国が、ロウェルミナという新たな太陽を手にしたのだ。

（もちろん、名君と称賛されていた為政者が、腐敗し堕落してしまう例はいつの時代にもあるわ。だからこそ、この可能性豊かな皇帝の萌芽が、真っ直ぐと伸びる大樹になるよう支えるのが、私達家臣のお役目になるのでしょうね）

フィシュは元々帝国大使の一人だったが、失脚した後ロウェルミナにスカウトされて補佐に収まった。同性でありながら強烈な野心と愛国心を持つロウェルミナに共感してのことだ。そこで信頼関係を構築したおかげで、今もこうして重用されている。

結果として見れば、フィシュは賭けに大勝ちしたといっていいだろう。一度は出世街道の本流から外れておきながら、皇帝の筆頭補佐官にまで成り上がったのだ。あらゆる官僚にとって、フィシュの地位は垂涎の的である。

（おかげで色々な人間が近づいてくるのは困りものだけれど）

聞き覚えもない親類縁者からの連絡や、突然の縁談の申し込みなど、権益のお零れに与ろうというのはまだ可愛げのある方だ。フィシュを蹴落として、代わりにロウェルミナの信用を得ようと画策している者も既に列をなしている。

ロウェルミナを支えんとするのであれば、そういった連中から己の立場を守り続けなくてはならない。フィシュ自身、史上初の女帝の腹心として歴史に名が残るかもしれないと思えば、滾る思いは少なからずある。この居場所をおいそれと余人に譲り渡すつもりはない。

名誉と忠義。この両輪で以(もっ)てロウェルミナ帝を支える。それがフィシュの思いだった。

「フィシュ、どうかしましたか？」

「いえ、なんでもございません」

フィシュはそつなく応じた後、言った。

「それよりも、陛下がそこまで仰(おっしゃ)るのでしたら、ケスキナル宰相(さいしょう)と調整して少し書類仕事を減らすよう働きかけましょう」

「おお！」

ロウェルミナは元気になった。

「とはいえ空いた時間は外交遊説(ゆうぜい)に充(あ)てて頂きますが」

「おお……」

ロウェルミナはしおしおと萎(しお)れた。

「足し引きゼロじゃないですか……」

「陛下のスケジュールに余暇が生まれるのに、今しばらくかかるものと存じます」

みゃー、とロウェルミナは悲嘆の鳴き声を上げた。

「……まあいいです、それでも書類仕事より張り合いはあるでしょう」

「そうですね。特に今日これからは」

「ええ」

ロウェルミナは微笑んだ。

「我らが同盟国の王子様と、楽しい楽しい話し合いです」

◆◇◆

ロウェルミナの即位は帝国に大きな衝撃をもたらしたが、言うまでもなく、それは諸外国にも波及した。

特に西側諸国は保守的で、政治中枢は男性が主体だ。そこに疑問を持つ者すらほとんどいない。だというのに、東側の一大国家の元首が女性になったのである。ロウェルミナが一体如何なる人物か、思想はどうか、政治方針は、今から繋がりを作れるか等、今頃彼らは目を白黒させながら調べさせていることだろう。

そんな中で、ロウェルミナの即位に唯一動じていない国があった。

今や北方の雄と言えるまで成長した、ナトラ王国である。

「正式な挨拶は既にかわしていますが……改めて御即位にお祝い述べさせて頂きますよ、ロウェルミナ陛下」

「ふふ、ありがとうございます、ウェイン王子」

そこは皇宮の一室。

穏やかな日の光が差し込むその部屋で、ロウェルミナと向かい合うのは一人の若者。

ナトラ王国王太子、ウェイン・サレマ・アルバレストである。

「陛下がナトラを来訪された時のことが、今や随分昔に感じられますね」

「そうですね。ですがあの時結んだウェイン王子との縁のおかげで、今の私はあると思います」

ナトラ王国はそもそも帝国の同盟国だ。その結びつきは意外にも古い。しかし国力差ゆえに対等な関係ではなく、半ば衛星国、あるいは属国として周囲からは見られていた。

だが先帝の急逝から始まる混乱の中で、王太子ウェインの指揮の下でナトラは台頭し、大きな力をつけた。そしてそんなナトラとウェインに接近したのが、当時後ろ盾をほとんど持たないロウェルミナである。

ウェインはまだ実績を持たないロウェルミナの才気を見抜き、早くから支持する立場を取った。皇子達から皇帝が生まれると誰もが確信している中で、無謀ともいえる方針だが、ロウェルミナが皇帝になったことで、彼の目の正しさは証明された。

ならばこそ、今のナトラと帝国の関係は蜜月だ。その辣腕で祖国を繁栄させる王子と、皇帝にまで上り詰めた皇女。二人が現役の間は両国の間に一切の陰りはない——と、いうのが周囲からの見解であった。

もちろん、そう単純な話でないことは、政権に近しい者達は知っているが。

「……恐れながら皇帝陛下、お伺いしたい義がございます」

その時、不意に二人以外の声が部屋に響いた。

「おや、どうかしましたか？　ニニム」

ニニム。ロウェルミナの口から出たその名前は、ウェインの補佐官の名だ。

白い髪と赤い瞳が特徴のフラム人である彼女は今、

「……私はいつまで抱きしめられていればいいのでしょうか」

皇帝ロウェルミナの腕の中で、げんなりとしていた。

「ええー、いいじゃないですか。久しぶりに会ったんですし」

本来ならば触れあうどころか口を利くことすら憚られる身分差。だというのにロウェルミナは大型犬のようにニニムにじゃれついていた。それもそのはず、ウェイン達三人は士官学校で同じ時間を過ごした間柄であり、身分を超越した友情を抱いていた。

が、それはそれ、これはこれだ。

「ロワ、貴女は正真正銘の皇帝なのよ。戯れるにしたってもっとこう、節度をね」

「大丈夫ですよ。周辺には警備も含めて信頼出来る人間しかいませんから」

ニニムの視線がチラリと部屋の隅へ向かう。

そこにはロウェルミナの補佐官たるフィシュの姿があった。しかし彼女はそっとニニムから視線を逸らした。旧友とじゃれつくことで皇帝の機嫌が上向くなら、見ない振りをしていて損はないということか。

「……ウェイン」

それならばと、金色の髪が鼻先で揺れるのを感じながら、ニニムは主君に助けを求める。

「皇帝即位のご祝儀だ。頑張(がんば)れ」

あっさり見捨てられた。

後で覚えてなさいよ、とニニムは内心で思った。

「まあニニムのことは置いといてだ」

先ほどまでの慇懃(いんぎん)な態度から、幾分砕けた様子でウェインは言った。

「実際、最初の頃の劣勢からよく勝てたもんだ」

「そうですね。民衆の思い、お兄様達の慢心、私の天運、色々な要素が重なってのことだとは思っています。……もちろん一番は私自身の頑張りですがね！」

「ロワ自身が動かなければ何も始まらなかったんだ。そこはその通りだろう」

「そうでしょう、そうでしょう。二人とももっと私を褒(ほ)めそやしていいんですよ」

「えらい」

「すごい」

「心がこもってませんー！」

ニニムの頰(ほお)をつつくことで憤りを表現するロウェルミナ。ニニムはもはや抵抗を諦(あきら)めたのかされるがままだ。

「それで実際どうだ、皇帝の椅子（いす）の座り心地は」

「感慨深くはありましたよ。ようやく私の才覚を証明出来たわけですしね」

　女という理由で政治の表舞台から遠ざけられようとしていたロウェルミナ。

　そんな常識や慣習で押し潰（つぶ）そうとしてくる世間に対して、自らの意思で自らの能力を証明しようとしたのが彼女の始まりだ。

「ただ、皇帝になれる能力を証明出来ても、皇帝として政治を担（にな）えるかの証明はこれからです。気を抜けるような状況ではありませんね」

　順調にいけば、ロウェルミナの治世は十年、二十年と続くだろう。それは皇帝の座を巡って争っていた期間よりも遥（はる）かに長い。そして長期間の善政を維持することの難しさは、各国の歴史が物語っている。

「そういう点では、ウェインは私の先輩になりますね」

　ウェインは立場こそ王太子だが、ナトラの実質的な指導者となって久しい。先輩といわれればあながち間違いはないだろう。

「先達として、何かアドバイスとかありませんか？」

「アドバイスねえ」

　問われたウェインは少しばかり考えて、

「適度な運動をしないと体がバッキバキになるな」

「いや本当に、それは最近身に染(し)みてますね……」

ロウェルミナは深々と頷(うなず)いた。

「もうずっと書類仕事をする、誰かと会って利害調整をする、書類仕事をするのくり返しですよ。皇帝をやっている間これがずっと続くと思うと、さすがに気が滅入(めい)ります」

「ナトラの規模でもうんざりするぐらいだ。それが大陸東部を牛耳(ぎゅうじ)る帝国ともなればな。とはいえその分帝国には優秀な官僚が揃(そろ)ってるだろ」

「確かに彼らには助けられてはいるんですが……」

ぐんにょりとしながら頬ずりしてくるロウェルミナに、ニニムは呆(あき)れ半分に言った。

「皇帝になるまでが大変で、なってからも大変だなんて、茨(いばら)の道を選んだものね」

「本当にそうなんですよ」

「でも自分で選んだ道だから誰も恨(うら)めないわね」

「本当にそうなんですよ！」

「信頼出来る部下を地道に増やして、割り振れる量を増やすしかないな。まあ頑張れ」

そう笑いながらウェインは言った。

するとロウェルミナはごく真剣な顔でニニムへ向き直り、

「ニニム、こっちに転職しません？」

「全く躊躇(ためら)わずに引き抜きに来たわね……」

「報酬は今の三……いえ、五倍は出しましょう！」

「こいつ、帝国の財力を惜しげもなく……！」

おののくウェインを横目に、ニニムは嘆息した。

「しないわよ。私はナトラから離れないわ」

「じゃあウェイン、ナトラを帝国に併合しません？」

「い、い、い、い、い、い、いいなその発言は！」

「シャレではなく、真剣な話です」

空気が一変した。

ロウェルミナはニニムを解放し、ウェインと向き直る。不穏な火花が音もなく散るのをニニムは感じた。

「……残念ながら、そのつもりはない」

やがて口火を切ったのはウェインだ。

「帝国と我がナトラ王国は同盟関係であり、その絆は強固なものであると確信している。が、だからといって一つの国になるかといえば話は別だ」

「一度は帝国に身売りする予定もあったとフィシュから聞いていますよ」

「先帝が身罷られる前ならそれも良かったんだがな。そちらが内乱に追われている間にナトラは随分と大きくなった。今更帝国の一部となることを国民を納得させるのは難しいだろう」

ウェインの言葉通り、彼が摂政に就任して間もない頃と比べると、ナトラの国力と国際的な影響力は飛躍的に増している。もちろん東に君臨する帝国と比べればまだまだ格下ではあるが、ナトラが侮れる相手ではないことは、今や大陸中の為政者が確信していることだ。

「……そうですか」

呟いたロウェルミナの表情は、ニニムには本心から惜しんでいるように感じられた。

（少し意外ね……）

ロウェルミナはウェインに友情と愛情を抱いているが、同時にライバルとしての想いも強い。ウェインと戦い、どちらが上か確かめることは、彼女にとって悲願の一つだろう。そんなロウェルミナがナトラ、ひいてはウェインを戦うことなく帝国に組み込もうとするとは、いかなる心境の変化だろうか。

しかしそんなニニムの疑問が答えを得るより早く、ロウェルミナはパッと明るい表情を取り戻した。

「そういうことでしたら仕方ありませんね。それでしたら同盟国として、末永く良好な関係でいるとしましょう」

「こちらとしてもそう願ってるよ」

ウェインは笑って言った。

「そのためにも、滞在中にひたすら帝国の要人と会談し続けてたわけだしな」

「こちらと一緒ですね。まあ私の列の方が長いでしょうけど！」

「そこを競ってどうするのよ……」

胸を張るロウェルミナにニニムは呆れた視線を向けた。

「そういえばウェイン、エルネストとも会ったそうですね」

「ん？　ああ、少し前にな」

エルネスト。

帝国に根付く一大宗教、東レベティア教の教主を務める男である。

昨日、ウェインは紆余曲折から帝国内乱の決着にまで関わったが、そもそも帝国にはエルネストとの会談のために訪れていたという事情があった。

「どんな人物でした？　今度私も会うので参考までに」

「一見する限りは普通の爺さんだったぞ。以前は教師をやってたって話だが、確かにそんな雰囲気があったたな。ただ……」

「ただ？」

「なかなか面白い話が出来た」

ウェインはにっと笑った。

「思うに、ロウェルミナとも結構気が合うだろうな」

「うわあ」

「なんだうわあって」

「だってそれ性格悪いってことじゃないですか」

「自覚があるのか……」

そんな会話をしていると、それまで部屋の隅にいたフィシュがおもむろに歩み寄った。

「陛下、そろそろ次のご予定が」

「む、もうそんな時間でしたか」

惜しむように呟いて、ロウェルミナはウェインに向き直る。

「残念ですがお開きのようですね。……ウェインは今後どうするつもりです？」

「随分留守にしたし、もうそろそろ国元に帰るつもりだ」

季節は夏の終わりかけの頃合いだ。北国のナトラでは、冬の気配を感じるようになっているかもしれない。帝国で有力者と繋がりを持つのは重要だが、馬車が積雪で立ち往生する前に帰国はすませたい。

「その前にグレンとストラングとは会っていくけどな」

「そうですか……ええ、それがいいと思います。恐らくはこうして私的に会う機会は、これからどんどん減るでしょうから」

ロウェルミナの言葉には寂寥感（せきりょうかん）が滲（にじ）んでいた。

彼女の言葉通り、今後彼らが会うことは難しくなるだろう。元々ウェインとロウェルミナは大陸屈指の貴種ではあったが、今や王太子と皇帝。どちらも国を率いる重責を担う身だ。友人たるニニムはウェインを、グレンとストラングはロウェルミナを支える役目がある。ましてロウェルミナ達は、傾いた帝国を立て直す急務があるのだ。よほどの政治的理由がなければ、当面の間このメンバーの道行きが交わることはないだろう。

「あるいは、これが今生の別れとなるかもしれませんね」

「ちょっとロワ、それは流石に言いすぎよ」

「ふふ、冗談ですよ、ニニム」

「ま、そうならないようお互い努力するってことだな」

ウェインの言葉に微笑んでから、ロウェルミナは言った。

「それではご機嫌よう、ウェイン王子。お互い役目を全うした上で、再び巡り会える日を心より楽しみにしていますよ」

◆◇◆

「……とは言ったものの」

ウェイン達との会談が終わってしばらく。

ロウェルミナは物憂げに呟いた。

「本当にそんな日が来るのやら、ですね」

そんな女帝の声に反応したのは、すぐ傍にいた痩軀の男だ。

「何か懸念がおありですか？　ロウェルミナ陛下」

「いいえ、気にしないでください、ケスキナル」

ケスキナル。アースワルド帝国の宰相である。

まだ老人には遠い年齢のはずだが、覇気もなく、威勢も感じられない。そのくたびれた物腰は、まるで枯木だ。とてもではないが帝国文官の最高位に座する人物とは思えない。

しかし事実としてこの男は先帝の頃から帝国を支えてきた傑物だ。帝国の内乱においては中立を貫き、主を失った帝国の舵取りに腐心していた。そしてロウェルミナが即位した後も、その能力を見込まれて宰相に再任された次第である。

「それより報告の続きを」

「はっ」

ロウェルミナに促され、ケスキナルは手元の資料に目を落とした。

「陛下の御即位を受けて、市井にはひとまずの安心感が広まりつつあります。この気運をこちらでも煽り、帝国の景気を上向きに転じさせる予定です」

ここ数年の内乱で、帝国経済は悪化の一途を辿っていた。ケスキナルを筆頭とした文官達は、権限の及ぶ範囲でこれを抑え込もうとしていたものの、やはり母屋自体が傾いていては人々の将来への不安は拭えない。そして将来が不安になれば、当然民の心と財布の紐は固くなる。

しかし今、新帝ロウェルミナの即位という、誰の目にも明らかな安心材料が生まれた。無論、彼女の治世が安心出来るかはこれからの手腕次第なのだが、せっかく国民の心が緩んだのだ。これを利用しない手はない。

「幸いにも今年の農作物の収穫は上々です。即位早々天の機嫌に悩まされることはないかと」

「ありがたい話ですね。私が即位した途端に天変地異が起きた日には、女帝の誕生に神がお怒りだ、なんて国民が不安に駆られかねませんし」

言うまでもなく一国家の為政者が誰になろうと天地に影響などあるはずもない。が、大きな出来事が連続して起きると、それらが関連したものだと人々は思いがちだ。特に政権がまだ不安定なロウェルミナにとって、大規模な自然災害はそのまま政権へのダメージになる。

「ですが陛下、良い話ばかりではございません」

ケスキナルの前置きに、うみゃあ、とロウェルミナは顔をしかめた。

「一つはバルドロッシュ殿下とマンフレッド殿下の派閥についてです」

第二皇子バルドロッシュと第三皇子マンフレッド。

皇帝の座を巡ってこの両名とロウェルミナは争い、二人を捕縛することでついに勝利した。

そうなると次に問題となるのは、彼らが率いていた派閥の扱いだ。

「両派閥については、出来るだけ寛大に処遇した上で、派閥の解体と吸収を命じたはずですが」

「はい。概ね陛下のご指示通りに進んでおります。が、一部の人員が行方をくらましていることが一点。もう一点は、表向きはこちらに組み込まれながらも、裏で両皇子の復権を画策している者がいるようです」

「……まあ、そうなりますよね」

女帝という歴史上類を見ない存在と、政争に敗れたことで失われた権益。どちらも反ロウェルミナの感情を抱かせるには十分な材料だ。

まして、彼らには背負える神輿がまだ残されているのだから。

「やはりバルドロッシュ殿下とマンフレッド殿下については処刑された方がよろしいかと」

そう、ロウェルミナの二人の兄はまだ生きていた。

厳重な監視の下、幽閉こそされているものの、皇族として丁重に扱われている。

「そこについては何度も話し合ったでしょう。処刑はしません。いずれ政権が安定したら地方にでも押し込みます」

「ですが些か甘いのではないかと」

ケスキナルは言った。

「特にバルドロッシュ殿下は西のレベティア教と手を結び、東レベティア教から弾劾までされています。厳しい態度で処するべき、という意見は根強くあります」

内乱の最中、追い詰められたバルドロッシュは、本来仇敵である西側の援助を受け入れた。

しかしこの事実を掴んだマンフレッドは東レベティア教に働きかけ、弾劾という形での攻撃材料にしたという経緯がある。

「弾劾については、今度代表のエルネストと会いますから調整しますよ。その上で、兄の処刑はしません」

「情ですか？」

「まさか」

ロウェルミナは鼻で笑った。

「市井の民にとって、私は不甲斐（ふがい）ない兄の代わりに立った心優しい皇女です。だというのに即位した途端兄達を処刑しては、簒奪者（さんだつしゃ）としての本性を見せたと受け取られかねません。政権にとってはそちらの方がよほど大きな隙（すき）でしょう」

彼女は続ける。

「西のレベティア教との繋がりも使いようです。内乱騒ぎで皇族の権威は大きく落ち込み、帝室への不信感が高まりました。兄達を妹に負けた愚か者とするよりも、西側に利用された被害者であり、黒幕は西にあるとした方が、同情を買いつつ怒りの矛先（ほこさき）を反らせるでしょう」

「……そのために生じる、両殿下の反旗の可能性は取るに足らぬと？」

「いいいい、足りませんね」

ロウェルミナの言葉に込められるのは、圧倒的な自負。

「勝ちますよ。何度兄達が刃を向けてこようと。この私が」

何の力も持たない皇女の立場から、皇帝へと上り詰めた少女の言葉に、ケスキナルは小さく唸(うな)る。この若い皇帝から感じる、炎のような気質。あるいはこれこそが帝位争奪戦の決め手だったのやもしれぬと彼は思った。

「……そこまで仰るのであれば、この件について私から言うことはございません」

ケスキナルは続けた。

「しかしながら課題は他にもございます。失われたままの帝国の武威。各属州の思惑。そして同盟国ナトラについてです」

ナトラ、という単語を耳にして、ロウェルミナは僅かに反応を示した。

ケスキナルは皇帝とナトラ国が深い縁で結ばれていることを知っている。

だが、だからこそ言わねばならない。

「ナトラとの同盟関係について、再考の時期が来たと進言いたします――」

◆◇◆

ナトラの使節団が帝国を出立(しゅったつ)する当日。

長らく逗留(とうりゅう)していた屋敷を引き払う準備も完了し、随員達は僅かな寂寥感を抱きつつ、故郷へ戻れることに心を弾ませ、出発の時を待っている。

　そんな頃合いを前にして、

「あったま痛てえ……」

　ウェインはソファに横たわりながら頭を抱えていた。

「もう。あんまり羽目を外さないようにって、あれだけ言ったのに」

　呆れつつもウェインに水を差し出すのはニニムだ。

「仕方ないだろ。しばらく飲めないだろうからって、帝国産のワインの飲み比べをしようなんてあいつらが言い出したんだから」

　あいつら、というのはウェインの友人にして、今やロウェルミナの家臣に収まった、グレンとストラングの二人である。ナトラに帰国する前に三人で会っていたのだ。

　男達だけで話したいこともあるだろうと、帰国準備の手配もあってニニムは同席しなかったのだが、今のウェインの有様を見ると、自分もついて行くべきだったかと若干後悔する。

「だからって翌日まで残るようなのは飲みすぎよ」

　ニニムは苦言と指先でウェインの頬を突いた。

「そんな状態で馬に乗れるの？　酔って落馬なんてしたら、世間の笑いものになるわよ」

「善処しようと思う……」

　実際のところ、落馬事故は前例に事欠かない。地面に落ちて笑われるだけならともかく、ケガをしたり最悪死亡する危険性も十分に有り得る。とはいえ酔いが覚めないからといって帰国のスケジュールを乱すようでは、それはそれで笑いものだ。

「まだ時間はあるから、それまでに出来るだけ体調を戻すしかないわね」

「ふぇーい」

気の抜けた返事をしながらウェインは水を飲み干した。

「そういえば、二人の様子はどうだったの？」

ニニムはウェインの気を紛らわせようと問いを投げる。

「元気そうにしてたぞ。そうじゃなきゃ飲み比べなんて出来ないしな」

「なら良かった」

ロウェルミナ、グレン、ストラングの三人は帝国の内乱においてそれぞれ別派閥につき、敵として鎬を削っていた。場合によっては誰か、あるいは全員が命を落としていたかもしれないことを思うと、三人が無事なことには友人として安堵する。

「ただ、負けた以上はロワの家臣になるけど、無茶ぶりされそうだなあって嘆いてた」

「それは間違いないでしょうね」

ロウェルミナはこれから帝国を発展させるために尽力しなくてはならない身だ。当然信頼出来る二人を馬車馬のように働かせることだろう。その光景を思い、ニニムは小さく笑った。

「でも、やり甲斐もあるでしょ。新しい皇帝、新しい治世、歴史に残るのが高名か悪名か、ロワとその家臣達の手に掛かってるわけだもの」

「そうだな。そしてロワ達なら多分上手く回して、帝国を安定させるだろ」

多くの人々は、ロウェルミナの皇帝としての能力は未知数と捉えている。しかしウェインからしてみれば、情熱、能力、向上心と愛国心が本人に備わり、そして支える家臣まで揃っていることが解っているのだから、上手く行くと考えるのが自然だ。天変地異でもなければ、ロウェルミナの治世の下、帝国は隆盛を迎えるだろう。

「とはいえ、それがナトラの利益になるとは限らないがな」

ウェインの言葉にニニムも唸る。

帝国の安定は、なるほど、帝国の民にとっては喜ばしいことだろう。

しかし西側の諸外国にとって、東の大国が力を取り戻すのは明確な脅威だ。特に先帝までの帝国は領土の拡大政策を取っており、西側に対する領土的野心を隠そうともしていなかった。それゆえ、内乱が収まった今、拡大政策が再開するのではないかと懸念を抱いているのである。

そして帝国の同盟国たるナトラとて、暢気に構えてはいられない。そもそも北の小国であるナトラが帝国と同盟を結べたのは、帝国が西側侵攻の準備を整えるまでの繋ぎであったことは周知の事実だ。先帝の崩御によって計画は立ち消え、同盟関係だけが残ることとなったが、今となってはこれもどうなるか。

「でも、ナトラは早くからロワの派閥として周囲に見られていたわ」

ニニムは言った。

「これを蔑ろにするようじゃロワの器量が疑われるし、改めて臣従した人達も疑心暗鬼に駆られて落ち着かなくなるでしょう」

彼女の言葉には一理ある。ウェインとロウェルミナは己の利益を追求し、丁々発止の駆け引きを繰り広げる間柄だが、それはあくまでも裏向きの話。世間的にはガッチリと手を組んだ盤石の関係だ。そのナトラを理由もなく無碍に扱えば、当然世間はロウェルミナを人道から外れていると批判するだろう。

そして彼女に仕える家臣達も、古参のナトラでさえその扱いならば、自分たちもいつ切り捨てられることかと不安になる。特に今は新政権になり、新しくロウェルミナに仕えることになった者達が多いゆえ、尚更動揺は広がるはずだ。

なのでロウェルミナ個人の思惑はどうあれ、帝国はナトラの功績に報いる必要がある、というのが一般的な見解になるのだが――

「ストラングが言ってただろ。ロワは内乱で落ち込んだ帝国の武威を示すために、派手に一発かます必要があるって」

「それは……」

内乱が収まった帝国だが、未だ火種は燻っている。ロウェルミナが隙を見せれば、炎となって燃え上がるだろう。だからこそ彼女は可及的速やかに、帝国の強さが健在であることを示し、付け入る隙などないと世間に知らしめなくてはならない。

その殴る先の候補として丁度いいのがナトラであると、二人の友人は以前言っていたのだ。

「……でも、言わば借りのあるナトラを帝国が攻撃する大義名分なんて」

「ないなら作ればいいい」

ウェインは笑った。

「なにせナトラは西側にも良い顔してるわけだからな。付けようと思えば難癖なんていくらでも付けられるさ。そうして無理矢理でも正義のストーリーを作っちまえば、民衆も案外呑み込むもんさ」

「……薄情ね」

それは民衆に対する言葉か、あるいは民衆をそう捉えるウェインに対してのものか。ともあれナトラが安穏としていられないことは、疑いようのない事実だった。

「もちろん、そうさせないためにも、この滞在中に有力者に会いまくって味方を作ってたわけだがな」

帝国の政策が対ナトラに傾いた時、それを押し返すにはナトラに友好的な帝国の有力者が不可欠だ。誰もナトラを庇わなければ政策は素通りするが、逆に多くの反対があれば再考の余地ありとして議論は長引き、それはナトラが介入する余地にもなる。

「ただ、どこまで作用するかは未知数ね」

「こればかりはな。俺がここに残れば不測の事態の対処もしやすくはあるが」

「無茶言わないで。これ以上ナトラを留守になんて出来ないわよ」

「ですよねー」

　小さく笑うと、ウェインは言った。

「まあ、取り越し苦労で終わる可能性ももちろんある。何事もないことを祈りながら、予定通り帰国するのが今出来る最善だな」

「……確かにそれしかないわね」

　小さく息を吐くと、ニニムはおもむろに立ち上がった。

「ウェイン、酔いはマシになった？」

「なんとか」

「じゃあもうじき出発するって皆に伝えてくるわね」

　そう言うとニニムは部屋を出て行った。

　一人になったウェインは、さて、と小さく呟く。

「帝国の新政権、西側諸国の警戒、レベティア教と東レベティア教の暗躍、そして我が国で燃え上がりつつある火種」

　ウェインの口元に、笑みが浮かんだ。

「果たして、何事もなくすむかな……」

かくしてウェイン率いる使節団はナトラへと帰国する。

その先で、ナトラ王国史に残る未曾有(みぞう)の事件が待ち受けていることを、知る由(よし)もなく。

第二章　火の予兆

あの少年は一体何なんなのだろうか。

広いリビングの隅っこで膝を抱えながら、ニニムはそれだけを考えていた。

少年というのは、部屋の中心で黙々と本を読んでいる彼、ウェインである。

――好きにしろ。

森で迷った末、この別荘に辿り着いたニニムに、ウェインはそう告げた。

そしてそれだけで役目はすんだとばかりにとって返し、ああして本を読み続けている。こちらを一瞥することすらせず、全くお構いなしだ。

（……どうしよう）

自分は迷い込んだ身。本来ならば野外で夜を過ごさねばならなかったところを、この館に招き入れて貰えたのだから、文句を口にするなど以ての外なのだが――しかしこうも放っておかれては、身の置き所がない。

（それに、ウェイン・サレマ・アルバレストって……）

ナトラに住む人間ならば、大半はその名を知っていることだろう。もちろんニニムも例外ではない。なにせこのナトラ王国において、そう名乗れる人物はたった一人だけだ。

　しかし、だからこそ不可解でもあった。

（あの男の子が本当にそうだとして……私達以外、どうしてここに誰も居ないの？）

　この邸宅しかり、彼の着ている衣服や立ち振る舞いしかり、彼が高い地位の生まれであることは間違いない。しかし本当にニニムの考える通りの人物であれば、こんな森の奥深くの邸宅で、独り本を読んでいるなど有り得ないことだ。まして不審な人間を――客観的に見れば、自分は相当怪しい――無防備に招き入れるなど。

　それゆえ何かの勘違いかとも考えるニニムだったが――そんな時、玄関口の方から物音が鳴った。

　次いで届くのは誰かの足音だ。こちらへ真っ直ぐ向かってくる気配に、ニニムは思わず物陰に身を隠した。

「殿下、ただいま戻りました」

　現れたのは若い――といってもニニムより十歳近くは上だろうが――男だった。顔つきこそ穏やかだが、長身で、鍛えられた肉体をしているのが一目で解った。

　護衛か何かだろうか。いや、それよりもこの男は今、何と言った？

「上手く鹿を仕留められたのでさっそく夕餉に……む？」

　気配に気づいたのか、男の視線が物陰にいるニニムへと向けられた。

男の顔に浮かぶのは見知らぬ人物への警戒、次にそれが子供であることへの戸惑い、そして答えを求めて視線がウェインへと向かい、

「迷子だそうだ」

ウェインは端的に答えた。

「こんな辺鄙な……いえ、奥まった場所にですか」

男は困惑から抜け出せない様子だったが、それでもゆっくりと膝を折り、ニニムと同じ目線の高さになった上で問いかけた。

「私はラークルム。ナトラ王国の兵士をしている。お嬢さんの名前を伺ってもよろしいか」

「……ニニム、です」

おずおずとニニムが答えると、ラークルムは微笑んだ。

「その髪と眼はフラム人だね。どうしてこんな森の奥に？　ご家族はこのことを？」

「それは……その……」

理由は、ある。自分がなぜこんな森の奥にいたのか。

しかし言いたくなかった。そして言えることでもなかった。言わなければ怪しまれ、夜の森に放り出されても仕方ないと解った上で、なお。

「「……」」

答えられないニニムと、問わねばならないラークルム。相反する立場が沈黙という形で両者

の間に顕在化する。

そんな重々しい空気は、パタン、という本を閉じた音によってかき消された。

「言いたくないならそれでいい。放っておけ、ラークルム」

ウェインの言葉に、ラークルムは難色を示す。

「しかし殿下、そういうわけにも」

「そのなりで暗殺者というわけでもないだろう。それより食事だ」

「……」

ラークルムはなお渋面を浮かべていたが、やがて割り切ったのか、嘆息と共に言った。

「それでは食事の準備をいたしますゆえ、しばしお待ちを。それとあまり味には期待してくれませぬよう。なにぶん男の料理ですので」

「構わない」

ウェインの返事を受け、踵を返そうとしたラークルムだったが、そこにニニムが声をかけた。

「あの……」

「ん？　ああ、安心なさい。君の分も用意する」

「あ、ありがとうございます。でも、そうじゃなくて……」

ニニムはウェインへと視線を送りながら言った。

「あの子……殿下って。もしかして」

ラークルムは、しまった、という顔になった。

しかし今更誤魔化せるものでもない。僅かな苦悩を挟んだ後、彼は告げた。

「多くを語ることは出来ないが……君の考えている通りだと言っておこう」

「それじゃあ、やっぱり」

ウェイン・サレマ・アルバレスト。

それはこのナトラ王国の王太子の名前。

すなわち、あそこにいる少年が、ナトラの王子様なのだ。

「……」

この時、ニニムの脳裏に閃くものがあった。

なぜ王子がこんなところにいるのか、傍付きがラークルムだけなのか、疑問はある。

しかしそんなことよりも、これはチャンスだ。

「あの、私、お料理手伝えます。いえ、手伝わせてください。王子様の身の回りのことも、何でもします」

ニニムは言った。

「だから――私をしばらくここに置いてくれませんか？」

◆◇◆

ナトラ王国王都、コードベル。

今をときめくナトラ王国の首都であるが、以前までこの都市は、王都とは思えないほどひっそりとした雰囲気に包まれていた。理由は大陸北端という地理や、西側諸国との確執だった。

それが変わったのは、ウェインが摂政に就任してからである。

他国からの侵略を撃退し、領地を広げ、諸国との国交も活発にした。そうして勢いが生まれれば人が集まり、その人が更なる人を集めるという好循環が確立する。

その結果、今の王都は人で賑わい、活気というものをひしひしと感じられる都となっていた。

「いやあ変われば変わるものなのだなあ」

「全くだ。人も増えて店も増えて、俺たちが子供の頃と大違いだな」

市井の民は、この変化を概ね好意的に捉えていた。もちろんよそ者が増えることで起きるトラブルもあり、定型的な日常が崩れることに不快感を抱く者もいる。しかしそれでも、ウェインの治世によってナトラが豊かになっているという実感は誰もが感じていることであり、それは大なり小なり歓迎されていた。

「そういえば、もうじき王太子殿下がナトラに戻られるそうだ」

「おお、今回は帝国だったか？　ウェイン王子はいつも外を飛び回っておいでだな」

市民にとって王族はまさに雲上人。漠然と絢爛な日々を送っているのだろうという想像くらいで、具体的にどのような暮らしをしているのかは知る由もない。しかしそんな中でも漏れ伝わる話というのはあるもので、ウェインが頻繁に国を留守にすることは比較的知られていた。

「陛下の代わりでお忙しいのは解るが、もう少し落ち着いてもらえればな」

「そこは仕方ないだろう。殿下の外交あってこそ今のナトラだ」

ウェインの実績を思えば、外国を渡り歩いていることを遊びほうけているとは批判すまい。しかしそれと同時に、ナトラの立役者である彼が国元に居る方が安心出来るのも事実。市民の感情は複雑であった。

しかし最近、その風潮に変化が訪れていた。

「なあに、心配することはない。ナトラはそう簡単には揺るがぬ強さを手に入れた」

ナトラが上向いてから数年。国民にはナトラという国に対する信頼と、そこに属していることへの自負が芽生えつつあった。

そして、更にもう一つ。

「たとえ王子が留守でも、今は代わりに国を導いてくれる頼もしい御方がいるからな」

そう、それはウェインとは別に、国民の心の柱になりつつある存在。

その人物とは――

「フラーニャ、買ってきたぞ」

「わあ、ありがとうナナキ」

従者たるナナキから食べ物を受け取って、フラーニャは喜びを露わにした。

「んー、美味しい！」

フラーニャが食べているのは茹でた鶏卵だ。ろくな調味料もつけられておらず、王宮で出てくる凝った料理とは違う素朴な味わい。しかし普段は深窓の令嬢そのものな生活をしている彼女にとって、路上で買い食いという野趣溢れた状況自体が刺激的な調味料たり得た。

そう、今フラーニャが居るのは王宮の一角ではない。そこは人でごった返す城下町の大通りであった。

「あまり気を抜くな。外は何があるか解らない」

せっせと卵を口に運ぶ主君を見ながらナナキは言う。

「解ってるわ。でも変装もしてるし、簡単にバレたりしないわよ」

応じるフラーニャの装いは、確かに普段と違う雰囲気だ。髪型を変え、宝飾品は身につけず、服の生地も市井に流通している物から仕立ててある。滲み出る気品こそ隠しきれていないが、フラーニャを知らない人間からは、『いいとこのお嬢さん』程度に映るだろう。

もっとも、知ってる上でフラーニャを狙う人間がいれば一目瞭然であるし、フラーニャを知らない強盗の類いにとっても、良家のご令嬢というだけで獲物として十分だ。もちろんそれも告げてはいるが、果たしてどこまで気に留めていることか。

こうなると、いっそのこと多少脅かした方が主君のためになるのでは、と思うナナキだったが、そんな彼に向かってフラーニャは満面の笑みを浮かべる。

「それに、すぐ傍にナナキがいるんですもの。私が心配することなんて、何もないわ」

「…………」

「あ、なにその顔。もしかして私に呆れてるわね？」

「……どちらかといえば、自分に呆れてる」

本当に、我ながら呆れてしまう。

主君の笑顔一つで、何を言おうとしたか吹き飛んでしまうなど。

「それよりフラーニャ、これからどうするんだ？　まだ歩き回る時間はあるが」

「ん……」

ナナキが話をすり替えると、フラーニャは少し考える素振りを見せた。

そもそもこの状況はフラーニャの要望が始まりだ。

城下町を歩いて、民の様子を見聞きしたい――数日前、突然彼女がそう言ったのである。

言うまでもなく、当初周囲はこれに難色を示した。

市井の民で溢れる城下町を貴人が練り歩く。これが講談ならばいかにも庶民が好みそうな話ではあるが、警備を考える側からすると笑い事ではない。ましてフラーニャは貴人も貴人、この国で三指に入る身分なのだ。かすり傷一つ負うだけでも責任者の首が二つ三つと惜しみなく飛ぶだろう。それでいてお忍びとあれば、大々的に護衛を引き連れるのも難しい。

それゆえ周囲の人間は、王女殿下が出歩くのは危険であると反対し、民の様子が知りたければ部下に見聞きさせればいいと説得を試みたわけだが――それでもフラーニャは意見を押し通した。彼女にしては珍しいほどの強情であった。

そして国で三指に入る貴人からここまで言われては、家臣達も応じる他にない。フラーニャが出来る限り目立たないように変装させ、かつナナキが傍に侍り、更に距離を置いて複数の護衛を置いた形での出発となった。

そして現在。

「……」

護衛であるナナキの視点から見ると、これといったトラブルもなく、お忍びでの見聞は順調に進んでいると言える。

しかしながら、護衛の心を安んずることがこの観光の目的ではないのだ。

「ねえナナキ、城下町っていつもこんな感じなの？」

「最近はな。以前は大通りであってもここまで人は居なかった」

ナナキの言葉を耳にしながら、フラーニャは行き来する人々に視線を傾ける。

関係者のほとんどは、この散歩が心優しい王女の気まぐれから生じた、ただの物見遊山の一種だと思っていることだろう。

それは決して間違いではない。思い悩むフラーニャの気分転換という側面は確かにある。

しかし、彼女が何を悩んでいるか、それを知る者はごく僅かだ。

「……お兄様のおかげで、ナトラは豊かになっているのよね」

この小さな呟きに、どれほどの思いが込められていることだろうか。

無論、フラーニャが町を歩き回ったのは半日にも満たない時間だ。たったそれだけで民の全容を知ることなど出来るはずもなく、むしろ家臣達の言う通り、彼らが調査した情報を精査、検証した方が実態に近づけるだろう。

そしてそのことは彼女とて解っている。

ただ、それでもこの目で確かめたかった。

これから自分が背負うことになるかもしれない、この国の光景を。

言うなれば、これは儀式なのだ。

「……ナナキ、王宮に戻りましょう」

「もういいのか？」

「ええ」

フラーニャは強い決意を胸に、言った。

「見るべきものは見たわ。あとは……私の覚悟だけよ」

◆◇◆

フラム人。

白い髪と赤い瞳という生来の特徴から、その歴史は常に波乱と共にあった。奴隷として扱われていた時代から始まり、反旗を翻して一国家を築いた栄華。しかしそれも束の間、復讐とばかりに周囲の国々を攻め立てたことで反逆され、国家は崩壊。後にレベティア教となる宗教から悪魔の末裔として烙印を押され、苛烈な弾圧を背負うことになる。

今も続く長く苦しい時代。きっと当時の誰もが最善を求めたはずだろうに、振り返ってみれば、歴史は誰も望んでいなかった血と苦痛にまみれている。

繁栄と安寧。たったそれだけのことが、こんなにも遠い。

「……そして今、新たな波乱の時を迎える、か」

私室の椅子に深く腰掛けながらそう呟いたのは、壮年の男。

彼の名をレヴァン。白い髪は生来のもので、赤い瞳も同様だ。すなわち彼はフラム人であり、ここナトラ王国におけるフラム人の代表的集団、ラーレイの長である。

集まりの由来は百年ほど前、ラーレイというフラム人の男と、彼に率いられたフラム人の一団が、放浪の末ナトラに辿り着いたことに起因する。

ラーレイ達は旅の間に培ってきた技術や知見を提供することで、当時のナトラ王に気に入られ、ナトラに市民としての定住を許される。西側諸国ではムチを打たれるのが当然の立場であることを思えば、破格の待遇だ。

しかしラーレイ達はそれで安堵はしなかった。たとえ国王が許しても、家臣や国民達にとってやはりフラム人は被差別種族。国王以外にも受け入れてもらわねば、いずれまた追われる身になると解っていたのだ。

それゆえ彼らは百年間、ナトラ王国に誠心誠意尽くし、自分たちが価値ある隣人であることを証明し続けた。そして今、ナトラにおいてフラム人が大手を振って出歩けるようにまでなったのである。

この国の光景こそ、まさにフラム人達の努力の結晶であり、尊き成果だ。

だというのに、それが今、崩れ去ろうとしている。

他ならぬフラム人達の手によって。

「ここに来て、フラム人の国とはな……」

今、ナトラに住むフラム人達の間で、まことしやかに囁かれているもの。

それはフラム人の独立とフラム人による国家樹立だった。

フラム人はかつて自分たちの国を作り上げた。この伝説は現在のフラム人にとっての心の柱でもあり、これを再現することが彼らの悲願である。

だが言うまでもなく実現は困難を極める。そしてそのことには誰もが気づいていた。

だからこそ、いつか、いつか、とフラム人達は思いを胸に秘めるだけでいたのだ。

――これまでは。

「もうじきニニムも戻ってきてしまう。そうなれば……」

分岐点。それが迫っていることをレヴァンは感じていた。

当時の誰もが最善を求めたはずの、血塗られたフラム人の歴史。

今度は正しい最善を摑むことが出来るのだろうか。

苦悩する彼に、答えを示す者はいない。

◆◇◆

ウェイン一行がナトラへと帰還したのは、数日後のことであった。

ナトラに帰国したウェイン一行は、家臣達より盛大に迎えられた。

一行は公式には東レベティア教代表のエルネストとの会談のために帝国へ向かい、そこで内乱に巻き込まれ、皇帝ロウェルミナの即位に協力したとなっている。手紙のやり取りで無事であることは解っていたものの、直に確認出来たことで家臣達は一様に安堵した。

しかし安心してばかりもいられない。皇帝の即位によって大陸情勢が大きく変化するのは必定だ。帝国で入手した情報の共有から始まり、不在の間に起きた出来事の摺(す)り合わせ、棚上げにされていた要人との会談、民衆への慰撫(いぶ)等、予定は山積していた。

そして、

「いやー……ようやく一段落した」

慣れ親しんだ王宮の執務室。

当面の仕事を終えたウェインは、気の抜けた様子でソファに身を投げ出していた。

「向こうでの暮らしも悪くなかったが、やっぱりこっち(ナトラ)の方が落ち着くな」

「それについては同意するわね」

応じるのは傍に立つニニムだ。

普段の彼女がウェインのだらしない姿を目にすれば、しっかりしなさいとすかさず諫(いさ)めるところだが、他国に滞在する緊張と長旅の疲れからの解放、そしてナトラで待ち受けていた仕事を片付けたことで、ニニムの心にも緩みを与えていた。

「思うにニニム、俺たちは少しぐらい休暇を取ってもいいと思うんだ」

「少しってどれぐらい？」

「半年くらい」

「はい論外」

「えー！」

ニニムに一蹴されてウェインは喚いた。

「いや、だって最近の俺結構頑張ったと思うんだよ！　多少働かずにゴロゴロしたって許されるんじゃないかな！」

「だからって半年なんて現実的じゃないわよ。たとえ今日これまでの仕事を片付けても、明日にはこれからの仕事がやってくるんだから」

それはさながら寄せては返す波のごとく。人の手でいかに受け止めようとも途切れることはない。あるいは海を飲み干せれば波を止められるやもしれないが、それは神の領域だ。

「はあー、俺は暇を愛してるのに暇が俺を愛してくれない」

愚にもつかぬことを口にしてぼやくウェイン。

そんな主君の姿に嘆息しつつ、ニニムは言った。

「……まあでも、一週間くらいなら休めるかもしれないわね」

ウェインは、お、という顔になった。

「どういう風の吹き回しだ？」

「大した話じゃないわよ。単に今のナトラには余裕があるってだけ。──フラーニャ殿下のおかげでね」

ニニムは続けた。

「私達が留守の間、フラーニャ殿下と家臣達は随分頑張ってくれたみたい。まだ報告書を精査している最中だけど、今のところ問題も見つかってないし、仮にウェインがしばらく休んでも、代わりとして十分にやっていけると思うわ」

「なるほど。このままどんどん仕事を任せて俺はサボれるようになると」

「妹に重荷を放り投げる兄とか、どう見ても最低ね」

「これも妹の成長を願ってのことさ」

「馬鹿（ばか）言わないの」

冗談めかした様子のウェインに、ニニムは厳しい眼差（まなざ）しを向ける。

「これは道義だけの話じゃないわ。ウェインも解ってるでしょ？　これ以上フラーニャ殿下がウェインの代わりとして存在感を持ち始めたらどうなるか」

「フラーニャが成長しすぎて背を抜かれるかもしれないな」

「ウェイン、私は真面目（まじめ）に――」

ニニムが一歩詰め寄ったその時だ。外から遠慮がちに執務室の扉が叩（たた）かれた。

「――お兄様、今いいかしら？」

現れたのは、今まさに話に上がっていたフラーニャだった。

素早く居住まいを正していたウェインは、突然現れた妹に向かって鷹揚（おうよう）に頷（うなず）いてみせる。

「もちろんだとも。どうかしたか？　フラーニャ」

「その、お兄様と少しお話ししたいことがあって」

言葉だけを聞けば、それは兄に甘える妹の姿だ。

二人の仲の良さは周知のこと。その兄が帝国で長期間過ごしていたとなれば、妹が寂しさの埋め合わせを求めることは不思議ではない。

しかしどういうわけか、ニニムはその時、違和感を抱いた。

（フラーニャ殿下……？）

普段ならば、ウェインを前にしたフラーニャは明るさと活力で溢れている。だというのに今の彼女の顔には、正反対の感情——迷い、恐れ、不安、そういった思いが渦を巻いていた。

いや、正確にはそれだけではない。複雑な負の感情を宿してなお、毅然と伸びるその背筋を支えているのは——悲壮なまでに、強固な決意か。

「ニニム」

ウェインに呼びかけられ、戸惑っていたニニムはハッと我に返った。

「は、はい、すぐにお茶の用意を」

「いや、それはいい」

ウェインは言った。

「それより少し外してくれ。どうやら二人きりで話したいようだ」

「……!?」

ウェインの言葉は、少なくない衝撃をニニムにもたらした。

もちろん、いかにニニムがウェインの公私に亘る腹心であっても、場合によっては同席を許されない時もある。が、兄妹の話し合いであえて外すよう言われたことはほとんど記憶にない。

しかも、だ。ウェインの言葉にフラーニャが異を唱える様子がない。これも驚きだった。

ウェインに対して何か重要な話があるのは解る。それでも普段のフラーニャならば、むしろニニムは一緒に居て欲しいと願っていただろう。兄に大事な話があるなら、姉に味方でいて欲しいと思うのが妹の心理だ。

けれど今この時において、フラーニャはジッとウェインを見据えるばかりだ。ニニムに甘えようという素振りは一切見せない。というよりも、眼中にないのではとすら思える。

そして最も驚いたのが、フラーニャが何を思い、なぜそんなことになっているのか、自分に解らないことだった。

「ニニム」

再び名を呼ばれる。その意味は考えるまでもない。

「……失礼いたします」

ニニムは一礼するとそっと執務室の外に出て行った。

これで部屋に残るのは、この国で最も尊い二人だけ。

「それで、話というのは？」

どこか愉快そうな兄の問い。

妹は、燃えるような眼差しで答えた。

「――これからの、ナトラについて」

◆◇◆

執務室を出たニニムは、小さく息を吐いた。

背後にある重厚な扉の先では、どのような話が始まっているのだろうか。

(殿下が急激に成長されていることは知っていた、けれど……)

ニニムはフラーニャのことを王女として敬愛しつつ、同時に妹のようにも思っている。そしてフラーニャもまた、こちらを従者でありながら姉のように慕ってくれている。

血の繋がりこそないが、二人は家族のようなものであり、言葉にせずとも深く通じ合っているとニニムは自負していた。――これまでは。

胸に去来する疎外感。いや、王族たる兄妹の間に立とうというのが、そもそもおこがましいのか。自分と違ってウェインは何事か察した様子なのもその思いに拍車をかける。

「浮かない顔だな」

不意にすぐ傍で声がした。

視線を向ければ、いつの間にかそこにナナキが立っていた。

「ナナキ、貴方は……」

何か知っているのか、と口にしかけた問いを寸前で呑み込む。

必要ならば後々ウェインやフラーニャから話をされるだろう。ナナキから聞き出して疎外感を埋めようなど卑屈（ひくつ）極まりない。

「どうかしたか？」

「……いえ、何でもないわ」

そうか、と短く応じてナナキはそれっきり黙り込む。

普段はフラーニャの傍に控えている彼がここにいるということは、ナナキもまた同席は不要とされたのだろう。しかしニニムと違い、そのことを気にしている様子はなかった。

思えば世界に合わせてナトラの人々が否応（いやおう）なく変化する中、ナナキだけは一切ブレていないと感じる。その変わらなさが、今は羨（うらや）ましい。

そんなことを考えていた時だ。

「――ニニム様、こちらでしたか」

扉の前で待機していた二人に向かって、歩み寄ってくる人影が一つ。フラム人の官吏（かんり）だ。

「私に何か？」

問いに男は頷いた。

「はい。もうじき代表集会が始まりますので、そのご案内にと」

「集会が？」

何の集会か口に出す必要はなかった。ナトラのフラム人達は自らの地位が盤石であるとは思っていない。それゆえ定期的に集まり、方針を議論する集会を開いている。

しかしニニムは首を傾げる。

「今日やるとは聞いていませんが」

ナトラの王族にはフラム人の補佐がつき、中でも王の補佐はフラム人の族長に就任する慣例だ。すなわちニニムは次期族長であり、本来ならば最優先で話が届く立場にある。

「ナナキは何か聞いてる？」

「興味がない」

これである。

仮にも王女の傍付きでありながら、ナナキはフラム人の権勢に我関せずだ。

「恐らくはニニム様がお忙しいので、レヴァン様が配慮なされたのかと」

ありそうな話だ、とニニムは思った。

帝国滞在中、ニニムはナトラにてフラム人達に不審な動きがあるという報告を受けている。その件についてレヴァンと話し合いたかったが、実は帰国してからろくに機会を作れずにいた。留守中に溜まっていた仕事を処理するので手一杯だったからだ。

一度だけ、短いながらも時間を捻出したが、レヴァンから返ってきたのは「私に任せて欲しい」という端的な答えだった。多忙なのもあり、族長がそういうのであればと放置していたのだが——

(こちらに報告はないし、多分まだ解決していないわよね)

フラム人達の不審な動きというのは、十中八九独立運動だろう。以前からこの気運が高まっていたのはニニムも感じていた。

だが、かねてよりニニムはこれに反対の立場を取っている。レヴァンも同様だ。だからこそ彼に任せようと思ったのだが——抑え込むのに手こずっているのだろうか。

公務の途中であるが、少しだけでも顔を出して、この目で現状を確認した方がいい。ニニムはそう思った。

「解ったわ、行きましょう」

ニニムの視線はナナキへ向かう。

「ナナキ、すぐに戻るつもりだけれど、その間の両殿下の護衛を任せるわ。ウェイン殿下にも伝えておいて」

「解った」

ウェイン達の話し合いも気になるが、フラム人達も無視は出来ない。

後ろ髪を引かれる思いをかすかに抱きながら、ニニムは集会へと向かった。

◆◇◆

緊張で己（おのれ）の体が強（こわ）ばり、冷たくなっているのが、否応なく感じられた。

なのに心臓は早鐘（はやがね）のように脈動し、ただ兄と対峙（たいじ）しているだけなのに呼吸が落ち着かない。

許されるのならば今すぐこの場を離れたかった。

しかし許されない。誰でもない、自分自身がそれを許さない。

覚悟だ。フラーニャは思った。自分は今、覚悟だけでここにいる。

「これからのナトラについて、か」

椅子に座るウェインは、フラーニャの言葉を反芻（はんすう）する。

「テーマは面白（おもしろ）いが、少し漠然としているな」

全くその通りだ。しかしこれはあくまで大枠。ここから慎重に話を進めていく。

「お兄様が摂政になってから、ナトラは豊かになったわ」

マーデン領の併呑（へいどん）。西側諸国との関係改善。帝国との関係強化。ウェインの辣腕（らつわん）によって様々な恩恵がナトラにもたらされた。これは疑いようもない事実だ。

「土地が増えて、人が増えて、物が増えて……それをもたらしたお兄様のことを国民は尊敬して、自慢に思ってる。もちろん私もよ」

「こそばゆいな」

ウェインは笑った。

「とはいえ尊敬は為政者として能力が認められている証拠だ。嬉しくもある」

「――けれど」

フラーニャは踏み込んだ。

「お兄様の代わりに国政を担うようになって、解ったことがあるの。お兄様は確かに国を豊かにしている。でもその一方で、今の時流についていけない人も多く居ると」

成長著しいナトラ。この恩恵に浴している者は数知れない。

しかし逆にこの急激な変化に置いていかれ、溺れようとしている者も存在した。

「それについては俺も把握している」

糾弾とも取れるフラーニャの言葉だが、ウェインは動じない。

「しかしそこは致し方ないことだろう。全ての民を幸せには出来ない」

「出来ないと、しないは、大きく違うわ」

フラーニャは言った。

「表向き、お兄様は仁政を敷いているように見えるわ。でもお兄様の指示で作られている法律、税制、慣習、各種事業……それらを俯瞰して解るのは、人と人を競わせ、勝敗を決めつけ、強者と弱者に分別しているということよ」

無論、それは偶然などではなく、兄が意図したもの。

そのことに気づいた時の戦慄(せんりつ)は、今も心に残っている。

「私はこの国が好き。この国が平和で住んでいる人達が幸せなら、とても素敵だと思う」

だから、彼女は敬愛する兄に、この質問をしなくてはならない。

「お兄様は、この国を、民を、どう思っているの？」

◆◇◆

集会所に踏み入ったニニムは、そこに渦巻く異様な熱気に直面した。

（これは……）

部屋に居るのは二十人ほどだろうか。元より集会では議論が伯仲しがちだが、今はその議論は始まっていない。にも拘(かか)わらず、思わず気圧(けお)されそうなほど熱気が渦巻いていた。

何がそうさせているのか。疑問を抱きつつも部屋を進むと、途端に視線が突き刺さった。

「おお、ニニム様だ」

「これでようやく話が進むぞ」

「ニニム様、どうぞあちらの席へ」

聞こえてくる声は、どれもニニムへの畏敬(いけい)に溢れている。

ニニムは王太子の腹心であり次期族長。ナトラに住むフラム人の中で限りなく頂点に近い地位にあるのだから、不思議な対応ではないのだが——ニニムは言い知れない気色悪さを感じた。

そしてその理由を、彼女はほどなく得ることになる。

「ニニム……！」

駆け寄ってきたのは族長レヴァンだ。その瞳には焦(あせ)りと苦悩が浮かんでいた。

「なぜここに来た……⁉」

周囲に届かぬよう潜めた声には、しかし確かな緊迫感があった。

「なぜと言われましても。集会が行われているという案内がありましたので」

ニニムとしてはこう答える他にないが、レヴァンの反応を見るに、こちらを遠ざけていたかったようだ。となれば先のフラム人の案内は、善意によるものか、あるいはレヴァンとは違う意思によるものか。

「……仕方あるまい。だが、心しておけ」

レヴァンの言葉に不穏なものを感じつつ、ニニムは席につく。

その横に座りながらレヴァンは全員に聞こえるよう言った。

「それでは定例会を始める。今回の議題だが——」

部屋に居る全員の意識がレヴァンへと集まる中、しかしそれを遮(さえぎ)る声が響いた。

「レヴァン様！　これ以上何を語ることがありますか！」

年若いフラム人の男がそう言うと、同調するように他の参加者からも声が上がる。

「そうだ！　既に議論は出尽くしている！」

「今この時を逃せば、次の機会はありません！」

「我々は独立を目標として行動すべきです！」

ああ、とニニムは思った。やはりそれが目的なのかと。

フラム人の大望。彼らが思い描く理想郷の実現。

本当に馬鹿げている。

「独立など、とても現実的とは思えませんね」

吐き捨てるようにニニムは口にした。

ナトラにおいてフラム人が今の地位を築き、そして維持しているため多くの辛苦を積み重ねていることに。そしてこの部屋に渦巻く熱気が、それをふいにしようとしていることに、どうして想像がつかないのか。

（いえ、今はそんなこと二の次ね。とにかく私とレヴァン様で、この馬鹿げた盛り上がりを完全に潰さなきゃ）

現族長と次期族長。二人が真っ向から反対すれば大半の意見は封殺出来よう。これまでは穏便にすませるべく慎重に働きかけていたが、事ここに至ればそうも言っていられない。

だが、ニニムは甘く見ていた。

事ここに至るなどという状況は、とうに過ぎていたのだ。

「ニニム様がそのようなお考えでは困りますな」

参加者から声が上がる。

「この独立の根幹には、貴女様がいるというのに」

これにニニムは眉をひそめた。奇妙な言い回しだ。次期族長だから、というだけではないように感じる。しかし、だとすれば。

(――――っ)

刹那、戦慄が背筋を駆け抜けた。

まさかと思い傍らのレヴァンを見やる。

すると彼は苦渋の面持ちで頷いた。その意味するところは、すなわち。

「始祖」

参加者が言った。

「偉大なる始祖の直系たるニニム様こそ、独立の旗印となれるのですから――」

第三章 不安と焦燥と

ニニム・ラーレイの両親は、彼女が物心つく前に流行病で亡くなっている。

しかしそれで寂しいと思うことはほとんどなかった。これはナトラにおけるフラム人の結束の固さが理由だ。彼らは保護者を失った子を決して見捨てず、集団で手厚く育てる。そうしながら英才教育を施し、有望な者にラーレイの姓を与えて宮廷に送り込むことで、一族繁栄の一助とするのだ。ラーレイの一団が百年かけて作り上げた構造である。

そしてニニムはその構造の下、すくすくと育った。親代わりの人々から愛され、他の子供達と過ごす日々は、決して不幸ではなかった。

しかしそんな中で、ニニムはある違和感を抱いていた。

彼女の能力は同年代の子達と比べて突出している。いずれは産まれて間もない王女フラーニャ殿下のお側に、と囁かれていたほどだ。このことは彼女にとって自信であり誇りであったのだが——その優秀さゆえに、感じていた。一部の大人達から向けられる、不思議な視線に。

最初は自分が優秀だからと思っていたが、そうではないと気づいた。彼らは自分に能力以外の何かを見ている。悪意ではない。だが単純な好意でもない。もっと複雑で、歪んだ、言うなれば——崇拝だろうか。

なぜそんな感情を向けられるのか。見当がつかず戸惑いを抱いていたニニムだったが、ある日長老衆に呼び出され、告げられる。

「——貴女様は、始祖の血を受け継いでいるのです」

始祖。それはフラム人の王国を作り上げた偉大なる赤髪のフラム人。

今も多くの場所で虐げられているフラム人にとって、この神話はどれほど心の支えになっていることか。

それゆえに、なるほど、とニニムは納得する。神のごとき血が自分には流れている。だから彼らは崇拝の視線を自分に向けていたのだと。

そして同時に、こう思った。

(気持ち悪い)

昔々の偉い人の子孫。最も貴い血を継ぐフラム人。だから貴女は素晴らしいと彼らは語る。

馬鹿げた話だ。そんなもの、親を辿っていけば他のフラム人にだって流れていよう。

直系というのも怪しいものだ。普通に考えれば十中八九どこかで途切れて、手頃な子を直系として偽装しているだろう。そんな都合良く一つの血筋が継がれるわけがない。

(気持ち悪い……)

あるいはニニムが年相応の子供であれば、自分は高貴な、選ばれた人間なのだと、無邪気に喜んだかもしれない。しかし彼女の頭脳は大人達の言葉を欺瞞と幻想にまみれた虚構だと見抜いてしまった。

まして仮に自分が本当に直系だとして、だから何だというのかとニニムは思う。

念じれば城が建てられるか？　一声かければ死者をも蘇らせられるか？　馬鹿馬鹿しい。

自分はただの子供だ。そんな神通力など持っているはずもない。

（気持ち悪い、気持ち悪い……！）

なのに彼らはそう思っていない。目の前に居る幼子が、過去から脈々と受け継がれてきた神のごとき至宝であり、この血があればいつか神がかった偉業を成し遂げられると、本心から確信している。

そして、

「貴女様のお役目は、我らが聖なる都の再建が叶う時まで、御身を慈しみ、その血を次代へ受け継ぐことなのです」

ああ、とニニムは気づいた。気づいてしまった。

彼らにとって自分は人間なのではない。

始祖の血筋という幻想を体現する、ただの器でしかないのだと。

その日の内にニニムは郷（さと）を飛び出した。

向かう先にあてはなく、ただ逃避するための行為。

やがて辿り着いたのは、近づくことが禁止された森の入り口だった——

◆◇◆

ニニムが森の邸宅で過ごすようになってから、数日が経（た）った。

鳥の鳴き声より早く目覚め、まだ慣れない寝室で身繕（みづくろ）いをすませる。次に急いで朝食や湯殿の準備を始めるが、こちらも慣れているとはとても言えない有様で、我ながら手際（てぎわ）が悪い。

それでも何とか準備を終えると、今度は足早に邸宅の奥へ。

廊下の奥に立っていたのは一人の男性。ラークルムだ。

「おはようございます」

「おはよう」

ニニムの挨拶（あいさつ）に応じる彼はナトラ王国兵士であり、この邸宅唯一の警備員だ。そんな彼が立っているということは、すなわちすぐ傍（そば）にある部屋が最も重要な場所になる。

「王子様……じゃない、殿下の湯浴（ゆあ）みとお食事の準備が出来ました」

「了解した」

ラークルムは頷（うなず）くと、傍にあったドアを軽く叩（たた）く。

「殿下、失礼します」

そう言って部屋の中に入るラークルムを見送って、ニニムはしばし待つ。

せっかく作った料理なので——そんな凝（こ）った料理でもないが——出来ればすぐに食べてもらいたい。まだかなまだかな、と心の中で呟（つぶや）きながらジッと待つ。

するとしばらくしてラークルムと少年が顔を出し、ニニムは勢いよく頭を下げた。

「お、おはようございます！」

「ああ」

短く答えるのは少年——ウェイン・サレマ・アルバレスト。

この邸宅の主（あるじ）にして、正真正銘ナトラ王国の王子様である。

「えっと、お食事と湯浴みのご用意が出来てますが、どちらからに致しますか？」

そう言いつつも、ニニムはこの王子様が食事を選ぶだろうと思っていた。

王子様の世話役として働くようになってから、まだ僅（わず）か数日。人となりを知るにはあまりにも短い。更に彼はおよそ表情というものが読み取れない、何を考えているかさっぱり解（わか）らない顔をしているので、尚更（なおさら）だ。

それでも邸宅に置いてもらうためには、自分が役に立つことを常に示さなくてはならない。

そこでニニムはウェインがどういう人間か摑（つか）もうと頑張（がんば）っており、その成果として本当に些末（さまつ）

なことではあるが、どうやら彼は起きてから食事を優先する人間であると解り、

「湯浴みからだな」

(あれ――!?)

見事に予想を躱されて、ニニムは内心で声を上げた。

しかし驚いてる暇もない。さっさと歩き出したウェインに、ニニムは慌てて続いた。

(やっぱりこの人よく解らないわ……!)

思い出すのは先日のこと。

ここに置いて欲しいと頼み込んだ時から、彼はそうだった――

「私は反対です」

ニニムの要望に対して、ラークルムは断固として言った。

「いくら幼子とはいえ、氏素性が定かでない者を殿下のお側に置けません」

全くの正論だ。ニニムとて自分のことでなければ頷いていただろう。

「君、ニニムと言ったね。確認しておくが、家に帰りたくないというのは、身の危険があるからかい?」

「いえ、そういうことは……」

彼が懸念しているのが虐待などであることは、言われるまでもなく解った。しかしながらその懸念は全くの的外れで、むしろ宝石のように大事にされている。——今回のことを踏まえると、安全のために監禁されるぐらいはあるかもしれないが。

「ならば、今夜はここに泊まらせるとして、明日には私が親元へと連れて行こう。きっとご家族も心配している。無論怒られるだろうが、私も口添えするからそこは安心しなさい」

常識と良識に溢れたラークルムの言葉に、ニニムは困った。

これが親との喧嘩等による家出なら、きっともう観念していただろう。しかしそうではないのだ。ニニムは自分のことを始祖の器として見る彼らの幻想と、その幻想を共有し押しつけようとしてくる行為が、たまらなく嫌だった。

(でも——)

元より衝動的な、あてのない逃避なのは事実だ。現実的に考えれば、フラム人で子供の自分が行ける場所など限られている。外国に逃げるなど出来ないし、人里から外れて過ごすことも論外だ。森に入り込んだ後、この邸宅に辿り着いていなければ、数日後には骸を晒していてもおかしくはなかった。

かといって人里を転々としていても、すぐに見つかるだろう。ナトラ王国におけるフラム人のネットワークはそれだけ強固なのだ。

結論からいえば自分は詰んでいる。無理矢理連れ戻されるか、諦めて自分の足で帰るか、二

択しかない。だというのに、胸の中ではまだ気持ちが揺らめいていて、

「本当に、ここに居ることを望むのか？」

その揺らめきの向こう側から、ウェインの声が届いた。

驚いたニニムがウェインを見やるが、彼は言葉をくり返さない。ただジッと彼女を見つめる。

能面のような、何を考えているのか解らない表情。けれども彼の言葉が冗談ではないことは伝わった。

「――はい！　ここで働かせてください！」

勢い込んで応じると、そうか、とウェインは小さく呟いた。

「ならば叶えよう」

「殿下っ」

慌ててラークルムが横やりを入れようとするも、ウェインは構わない。

「ラークルム、仕事のやり方を教えてやれ」

そして王子にこう言われては、一介の兵士が否を重ねられるはずもない。

「……畏まりました」

嘆息とともに答えると、ラークルムはニニムへ眼をやる。しかしその眼差しには敵意はなく、自らの意思で道を切り開いた少女への呆れと称賛が込められていた。

「こちらへ。まずは料理を手伝ってもらおう」

「は、はい！　頑張ります！」

こうしてニニムの小間使い生活が始まった。

正直に告白すれば、この時の料理では、ほとんど役に立てなかった。

そして今。

ニニムは湯浴みをすませたウェインの傍で、せっせと朝食の給仕を務めていた。

（相変わらず反応がないわ……）

ウェインの様子を見ながら、ニニムはそう心の中で呟く。

もちろん今のニニムが用意出来る食事ともなれば、パンに肉や野菜を挟んだ程度の簡素なもので、素材と技をふんだんに用いた王宮の料理とは雲泥の差であろう。が、それにしたって美味いとも不味いとも言わず、淡々と咀嚼していく様子ときたら。土塊を出したって構わず食べてしまうのではないかとすら思える。

（単に気難しいとは違う気がするけれど……）

迷い込んだ自分を邸宅に迎えてくれただけでなく、住み込みで働くことも許してくれたのだ。客観的に見れば心が広い、優しい御方だろう。しかし実際に対面していると、優しいとは少し違うと感じる。やはり、よく解らない人だ、というのが正直な気持ちだ。

「殿下、失礼します」

不意に扉を叩いてラークルムが顔を見せた。

「ただいま密偵がこれを」

ウェインは差し出された封書を受け取り、ざっとそれに眼を通した。それからラークルムと二、三会話をする。

「……どうやら宮廷に些か不穏な気配があるようです」

「動いているのは？」

「報告によりますと……」

漏れ聞こえる話は、宮廷に関するものらしい。

「王宮にお戻りになりますか？」

「まだここにいる。向こうにもそう告げておけ」

「はっ……」

と、その時ウェインの視線がニニムへ向いた。

「ニニム」

「あ、はい。えっと……あ」

示されたのは食べ終えた後の食器だ。慌てて回収し、一礼して部屋を出る。

扉を閉めながら、背中に二人の話し声が届くのを感じた。聞くべきでないから出て行くよう促されたのだろうか。実際ニニムにはさっぱりな事情であり、また踏み込むべきではないとも感じたため、ありがたいタイミングだった。

それからニニムは食器を洗い、昼食をどうしようか悩みつつ、掃除や洗濯の業務に移る。特に掃除は広い邸宅を一人で回らねばならず、かなり忙しい。それでいて置いてある調度品などは見るからに上等な作りで、雑な掃除は御法度だ。

(というか、私が来るまでどうしてたのかしら)

ウェインの身の回りの世話、邸宅の管理、物資や情報を目的とした外との行き来等、どう考えてもラークルムだけで回る仕事量ではない。せめて三人か四人は欲しいところだろう。

けれど実際に居るのはラークルムと、飛び込みの自分だけだ。この人の少なさは以前も疑問に思ったが、そういえば事情を聞いたことはなかったな、などと思っていると、廊下の向こうからラークルムがやってきた。

「ラークルム様」

何やら考え事をしていたらしいラークルムは顔を上げ、それから言った。

「ニニムか。今は掃除の最中かな?」

「はい。頑張って綺麗にします」

「よい意気込みだ。しかしほどほどで構わない。殿下からも、利用する部屋を重点的に回るだけで十分だと言われている」

「解りました！　でも出来るだけ頑張ります！」

自分は願い出て置いてもらっている身だ。働き者アピールをしてしすぎるということはない。

もちろん子供の考えることなので、ラークルムはそんな思惑を見透かしている。それでも頑張ろうという気概に水を差すことはせず、苦笑を浮かべつつ話を切り替えた。

「そういえば言ってなかったかもしれないが、私に様は不要だ。一介の兵士にすぎないからな」

「でも、殿下のお側にいる御方ですし……」

事情は知らないが王太子に唯一付き従っているのだ。普通に考えれば相応の立場だろう。

「いや、君が想像しているほど私と殿下の付き合いは長くない」

ラークルムは頭を横に振る。

「少し前に突然殿下からお声がかかってな。しばらくこの邸宅で過ごすからその間の雑務を任せると言われたのだ。最初は警備と小間使いの指揮を任されたのだと思っていたのだが……まさか私だけとは」

「ええ……」

困ったように唸るラークルムに、ニニムも当惑を顔に浮かべた。

「じゃあ、それまで殿下と関わりは……？」

「以前殿下が軍の視察に来られた際に、眼と勘が良いと褒められたことはあった。その時は誇らしい気持ちで一杯になったが……まあ、それだけだな。恐らくそれで私のことを覚えてくださったのだろうが」

　つまりほとんど面識はなかった、ということである。

　不便を承知でほとんど見知らぬ兵を一人だけ連れて、森の奥の邸宅で過ごす王太子。こうなるともう彼が変わり者というより、何か明確な意図があっての行いかと勘ぐってしまう。しかし、では具体的に何を意図しているのかというと、さっぱり思いつかないのだが。

「まあ、殿下が何を思っておられるのかは、私の考え及ぶところではない」

　ラークルムは神妙な顔つきになる。

「だが、だからといって殿下への忠誠が揺るぐことはないし、やるべきことから手を抜く理由にもならない。ニニム、君もナトラ王国の民として、殿下への敬意を努々忘れないように」

「は、はい！」

　元気に応じる少女に頷いて、それから彼は言った。

「それと話は変わるが……外から報告があった。君の郷についてだ」

　思わずニニムの肩が震えた。

　それは彼女が逃げ出し、そして棚上げにしていた問題だ。

「話によれば、一総総出で君のことを探していたそうだ。こちらからの連絡で君が無事と知ったことで安堵したそうだが……皆を心配させたことは反省しなくてはならないな」

「はい……」

先ほどまでの元気とはうって変わって、ニニムは項垂れる。癇癪じみた衝動で多くの人々に迷惑をかけ、そして今もかけていることは彼女も自覚していた。

「彼らには、君はさる貴人の下で保護されていると伝えてある。そのためすぐにでも迎えを寄越すと言っているが……」

「あ、あの」

「解っている。まだここに居たいのだろう。しかしなかなか納得してもらうのが難しいのも事実でな」

ラークルムは悩ましげに口にする。

「王太子殿下がまともな供も連れず、こんな森の奥深くにいるなど話せないし、当然ここに招くわけにもいかん。かといって君の無事を直に確認しなくては、向こうの不安を駆り立てることになるだろう。まだ予定を調整中ではあるが、近隣の村で君と向こうの代表を引き合わせることになりそうだ」

「それは……」

「もちろん、その場合でも力ずくで連れ帰るような真似はさせない。しかしながら、君から彼らを説得してもらうことにはなろう。そこは覚悟しておいてくれ」

ニニムは小さく頷いた。自分の無茶な行いを思えば、望外の配慮だ。この森の邸宅に辿り着けたことがどれだけ幸運か、今になって身に染みる。

「……さて、少しばかり話し込んでしまったな。仕事の邪魔をしてすまない」

ラークルムの言葉にニニムは急いで頭を振った。

「い、いいえ、そんなことは。それより、色々とありがとうございます」

「なに、殿下がお決めなさったことだ」

ラークルムは笑った。

「私は少し外に出てくる。戻ってくるまで、殿下のことは頼んだ」

「はい、任せてください！」

ニニムの返事を受け取った後、ラークルムは手を振って去って行った。

（説得、か……）

向こうの代表との話し合い。誰が来るだろうか。自分の事情を知っている者か、あるいは知らない者か。どちらにせよ、ここに居るためには、自力で切り抜ける必要がありそうだ。

この逃避がずっと続くことはない。いつか戻らねばならないだろう。しかしまだ、もう少し、気持ちの整理の猶予が欲しい。

そのためにも頑張ろう。せっかく殿下がここに居ていいと仰ってくれたのだから。

（まあ、何を思ってそう仰ったのかはよく解らないんだけど……）

あえて一人だけ従者を連れて森の奥で過ごすことを選ぶ一方で、突然舞い込んだ自分を受け入れる。矛盾しているようだが、彼の中では筋が通っているのだろうか。気になるところではあるが——答えが出ない以上、今すべきことは別にある。

「よし、お掃除頑張ろう！」

自らを励ますように声を上げて、ニニムは仕事へと意識を切り替えた。

◆◇◆

そしてニニムは夢から覚めた。

（……また懐かしいものを見たわね）

ゆっくりと寝台から起き上がると、そこにあるのは夢の中と比べて随分と伸びた手足。当然だろう。あの頃からもう十年は経っているのだから。

それだけに、今はもう当時の夢を見ることはほとんどなくなっていたのだが——今日になって、記憶の奥底から浮かび上がってきた。

（どうして、なんて考えるまでもないわね）

身繕いをしながら思い出すのは、昨日のフラム人の集会だ。

独立の気運が高まる中、言及されたのが、この体に流れるという始祖の血である。

フラム人の独立を夢見る彼らにとって、まさに絶好の旗印だろう。実際にニニムが始祖の直系であるか否かは、もはや問題ではない。そうだと信じている人間、信じたい人間が大多数になった時点で、それは真実になるのだ。

（……本当に、厄介なことになったわ）

ラーレイの一団が始祖の直系を擁していることは、一団の中でも数えるほどの者しか知らず、ナトラ王家にすら伏せている秘中の秘だ。

百年間隠されてきたこの秘密が、なぜ今になってフラム人の間に流出したのか。

知っている者達が独立の気運を煽るためにあえて言いふらした、とは考えにくい。こうして周知された以上、始祖の直系が生きていることは、フラム人の中に留まることなく拡散するだろう。ニニムはフラム人にとっての象徴的な存在となり、否応なく内外から注目され、連綿と続いてきた血筋を密かに守護するということは不可能になった。これは良くも悪くも保守的な彼らにとって、歓迎出来る事態ではない。

ならば誰が、何の目的で。

それを知るためにも、調査と話し合いが必要だ。

「……そろそろ時間ね」

身繕いを終えたニニムは寝室を出る。

扉の先にあるのは私室兼執務室だ。ウェインの補佐官であるニニムは、他の文武の高官と同様、宮殿に私室を持つことを許されている。

とはいえ日中はほとんどウェインの傍に控えているか、各部署との連絡で宮殿内を行き来しているため、就寝以外で利用することはほとんどない。

そして今日もこの部屋を素通りし、廊下へ。向かう先はウェインの下——ではない。

「レヴァン様、ニニムです」

「ああ、入れ」

扉を開くと、そこには椅子に腰掛けるレヴァンの姿があった。

ここはレヴァンの私室だ。フラム人の族長にして国王の補佐たる彼もまた、当然宮殿に部屋を持っている。

「朝早くにすまないな」

「お気になさらず。私も仕事が始まる前の方が都合が良いので」

ニニムは言った。

「それよりも本題に入りましょう。昨日のあれは、一体どういうことです?」

「うむ……」

レヴァンは悩ましげに唸った。

「昨今、ナトラに住むフラム人達の間で、独立の気運が高まっているのは知っての通りだ」

これの原因はナトラの急成長にある。

国体が大きくなればそれを運営する人間も当然増やさなくてはならない。だが、ナトラは元は北国の零細国家。昇り調子に惹かれてポツポツと諸外国から人がやってくるようになったものの、そうそう都合良く不足が埋まるわけではない。

そんな隙間（すきま）に食い込んだのが、ナトラに住むフラム人達だ。

子供達を集団で教育し、官僚として送り込むシステムを早くから構築していた彼らは、人手不足の各所にここぞとばかりにフラム人を送り込んだ。それこそ抱えていた人材が底をつくほどにだ。これまでは権益を拡大しすぎることで周囲から危険視されることを懸念し、勢力図の変化には慎重だったが、ここが勝負所と判断したのである。

そしてこの判断は、ナトラの実質的指導者であるウェインが人材の出所より穴埋めを優先したのもあって、大きな成功を収めた。フラム人の権益は拡大し、ナトラでの地位は一層盤石（ばんじゃく）になったのは間違いない。

ニニムは慎重論を唱えていたが、一族が拡大に踏み切ったことを批判するつもりはなかった。ナトラでフラム人が尊重され続けるには、国内における地位と影響力が必須であることは彼女とて理解していたからだ。

問題は、その後だ。

「成功に酔ってここまで増長してしまうとは、予想外でしたね……」

ナトラと共に飛躍したフラム人の立場。

そこで満足していればよかったのだが、成功の後に自制することは失敗した後よりも難しい。

彼らはこの機に乗じて、更なる輝きを得られるのではないかと夢想するようになる。

そう、フラム人の独立である。

「無論、独立はあくまでも夢物語。声高に主張する者達も、現実的に不可能であることは内心で解っていただろう。言わばただの憂さ晴らしだ。なればこそ、否定し抑圧させてはかえって暴発しかねないと、ある程度許容してきたが……」

「私の血筋が暴かれ、彼らに勢いをもたらしたと」

浮雲のような夢に、突如として現れたニニムという実像のある神輿。

まさに火に油を注ぐようだったろうと、ニニムは深く息を吐いた。

「私について、誰が広めたのか解っていますか?」

するとレヴァンは頭を横に振る。

「調査は続けているが、未だに影すら掴めん。功名に痕跡を消している」

「……厄介ですね」

ニニムは忌々しげに小さく舌打ちした。事態を引き起こした下手人が誰か解れば、この怒りをぶつけることが出来るというのに。

しかし同時に、調査しても解らないという事実は、ニニムにある推察をさせる。

「レヴァン様、これは恐らく」

「ああ。フラム人の誰かが偶然知って広めたことではないだろう」

レヴァンは神妙な顔つきになる。

「今の流れを作り出すために、何者かが意図して情報を拡散している」

攻撃だ、とニニムは思った。

何者かがフラム人の立場を揺るがすために攻撃を仕掛けている、と。

そしてだとするのならば、これで終わりではあるまい。何かしらの手段で、燃えさかるフラム人の心に更なる油を投げ込もうとしてくるはずだ。

「その点で言えば、若手の連中に接触し、支援を申し出たという人物がすこぶる怪しいな」

「例の支援者ですか……」

これも先日の会議で言及されたことだ。

ニニムを神輿にして独立を、と主張する彼らに、ニニムは自分がいても独立などやっていけるわけではないと反論した。神輿は神輿でしかなく、人が人として生きる衣食住等の代替にはなりえない。そしてそれらが足りていない以上、独立など不可能だ、と。

しかしそんなニニムに対して、若手から声が上がる。

この件で支援を申し出ている人物がいる、と。

「一体何者です?」

「解らん。私もまだ会ったことがない」

「……族長であるレヴァン様が知らず、次期族長の私も知らない。なのに独立を求める若手には接触し、信用を得ていると。まずは外堀からですか」

「更に言えば今回の騒動、フラム人の外にはまだほとんど広まっていないはずだ」

「動き出しの異様な早さといい、怪しさを隠す気はないようですね」

ニニムは唸った。これでは騒動の黒幕と結びつけるなという方が難しい。そして結びつけられても構わないと向こうが思っているのであれば、それを覆（くつがえ）す手札を握っているとも考えられる。

「まだ調整中ではあるが、近いうちにその支援者と会談の場を設ける予定だ。ニニムも同席するつもりでいてくれ」

レヴァンの言葉にニニムは首肯（しゅこう）する。個人として、そして次期族長という立場としても、その場に参加することに否はなかった。

「……しかし、独立か。まさか私が族長の内にここまで再燃するとはな」

おもむろにレヴァンが息を吐く。そこに疲労が滲（にじ）んでいるのは気のせいではないだろう。ニニムが帝国に逗留（とうりゅう）していた間、加熱する同胞を宥（なだ）めるために苦心していたはずだ。

だが同時に、こうもニニムは感じていた。レヴァンは独立運動を無謀とは思っているものの、決して嫌ってはいないと。

「……レヴァン様、以前から言っていますが、私は独立などという考えには反対です」

ニニムは苦々しい思いを吐露するように告げた。

「武力もない。大義もない。土地もない。これでどうやって独立など成立しますか。私を旗印に掲げたところで何も変わりません」

「……若手の連中は、今回の件で手にした権益を元に、フラム人の土地と自治権をナトラから手に入れる、などと考えてもいるようだな」

「馬鹿げていますね。その方針に未来はありません」

ニニムは断言した。

「私達はどう足掻いたところで余人からは奇異なのです。この白い髪と赤い瞳が、周囲に埋没することを許してくれません。私達が一箇所に固まり、周囲と交わらなくなれば、すぐさま余人にとって不気味な少数民族になるでしょう」

そしてそういう少数の集団というものが、人々の心に苦しみや哀しみが満ちた時、想いをぶつける都合の良い的になることは、数多の歴史が証明している。それを防ぐためにも、フラム人はナトラに住む誠実な隣人として、日々暮らしていかなくてはならないのだ。

「私は他人の良心の余白が無限であると思ったことはありません。ならば我々のような少数民族は、余白を巡って席取り争いをしなければなりません。そしてその席に座るには、相手に我々を理解してもらうことが必要であり、相手に理解を求めるには、確かな利益を提示するのが最善のはずです」

「……補佐官に相応しい見識だ」

皮肉ではなく本心から、少女の成長を尊ぶようにレヴァンは言った。

「私も独立が無謀だという意見に変わりはない。ナトラと、ナトラに住むフラム人のことを思えば、我らはこのままナトラの民として生きるべきだろう。ただ――」

刹那、レヴァンの顔に僅かな逡巡が過った。

しかしニニムがそれを怪訝に思うよりも早く、彼は続けた。

「ただ、現実的な問題として、燃え上がった気運をどう落ち着かせるか。そして危うくなったお前の立場をどうするかは考えねばならん」

「……そうですね、もう放置出来るような状況ではありません。どうにかして彼らを落ち着かせる方法を考えなくては」

しかし実際どうすればいいのか。

もはやどんなに口で諫めても止められる気がしない。かといって武力で黙らせるのは余計に彼らの熱意を煽ることにもなりかねない。

（一番手っ取り早いのは……私が死ぬことかしらね）

冷徹な補佐官としての頭脳が、そう結論を導き出す。

彼らは独立のための神輿としてニニムに大きな期待を寄せている。そしてその期待が高いほどに、神輿を失った時の絶望も深くなるだろう。それこそ、数十年は勢いを取り戻せないかもしれない。――無論、死ぬ気などないのでこの案は却下だが。

「ニニム、私は独立に反対する者達を纏め上げるつもりだ。ここちらも勢力として団結しなくては、反対の声もかき消されよう」

「では私も」

「いや、そちらは動くな。既(すで)に反対の意思を表明しているお前が更に動けば、独立派を暴走させかねん。説得の余地はあると思わせて、相手を対話の席から立たせない方がいい」

レヴァンに説かれ、不承不承ながらもニニムは頷いた。独立を望むフラム人の暴走。亀裂。内紛。全(すべ)てニニムの望むところではない。

「そしてこの件が可能な限り外部に漏れないよう工作もする。ニニムもそのつもりで情報を伏せてもらいたい。ウェイン殿下にもだ」

「それは」

咄嗟(とっさ)に何か反応しかけたニニムを、レヴァンは言葉で遮(さえぎ)る。

「客観的に見れば、我々の抱えている独立問題は非常に危うい。ナトラに対する背信とすら捉(とら)えられる。今の我等は急速な勢力拡大によって国内でも注視されている勢力だ。隙(すき)を見せて余所(よそ)からの介入(かいにゅう)は避けねばならん」

レヴァンは滔々(とうとう)と、しかし確固とした意思の下に続けた。

「ニニム、お前の忠誠心がウェイン殿下にあることは知っている。しかし同時にフラム人の幸福も願っているはずだ。今の問題が解決した後、私は事と次第を包み隠さず殿下に説明し、責任を取って族長の座を降りる。どうかそれまで胸に納めていてくれ」

「……」

ニニムは眉根（まゆね）を寄せながら瞼（まぶた）を閉じた。

自らの内にある不満と憤りに、どうにか折り合いをつけるべく天井（てんじょう）を仰ぐこと数秒、深いため息と共に彼女は言った。

「殿下の情報源は私だけではありません。殿下からこの問題について問われれば、私は正直に申し上げます。……ですが、それまで私からは何も語らずにいましょう」

「十分だ。族長として感謝する」

頭を下げるレヴァンに、ニニムはもう一度、聞こえないようため息を吐いた。

◆◇◆

レヴァンの部屋を辞した後。

ニニムはその足でウェインの元へと向かい、補佐官としての仕事に従事していた。

自分が抱えている問題は非情に悩ましい。しかしそれはそれ、悩んでいる間は仕事が立ち止まってくれるわけではないのだ。いつも通り平常心で、やるべきことをやる。そう思ってニニムは臨んでいた。

つもりだったのだが。

「どうしたニニム、浮かない顔して」

唐突にウェインに問われ、ニニムは思わず唇を引き締めた。

「……うちの部族内でちょっと揉め事がね」

嘘ではない。嘘は言えない。補佐官としての立場もあるが、下手に嘘などつけば、ウェインは一目で看破する。

「でも心配しないで。私とレヴァン様ですぐに収めるから」

内心から苦い思いが溢れそうになりながらも、それを抑え込んでニニムは微笑んだ。

その甲斐あってか、ふうん、とウェインはさほど関心を惹かれた様子もなく相づちを打つ。

「揉め事ねえ。まあナトラの急拡大の一方で、色んなところでチラホラと衝突が起きてるって報告は上がってるしな」

「そういうこと。国が豊かになっても笑顔だけじゃいられないのが辛いところね」

とはいえ人は財布に十分な金銭が入っていれば、不満の一つや二つを呑み込めるものだ。今の好調なナトラが続いていけば、深刻な事態にはならないだろう。あるいは衝突の経験が後の融和に繋がるかもしれない。

ならばこそ、本当の意味で国の頑丈さが試される時が来るとしたら――それは今の好調に陰りが出てきた時だろうか。

「衝突といえば、ニニム、昨日のフラーニャとの話し合いなんだけどな」

「え？　ああ、そういえば」

集会での出来事ですっかり吹き飛んでいたが、そちらも気にしていたことだった。

しかしあっけらかんとしたウェインの様子を見るに、そこまで込み入った話ではなかったのかとニニムは考えて、

「フラーニャから宣戦布告されたわ」

「…………はあ？」

思わず漏れた声を咎められる者は、誰一人としていないだろう。

◆◇◆

「あうううううう」

ニニムが目を点にしているのと同時刻。

フラーニャは私室の寝台で身もだえていた。

「言っちゃった、言っちゃった……本当にお兄様に言っちゃったわ……」

兄との会談は昨日の話。

しかし彼女は今もなおその出来事に囚われ、うんうんと唸っているのである。

「いい加減に立ち直ったらどうだ」

主君に向かって呆れた声をかけるのは、壁に背を預けるナナキだ。

フラーニャは喜怒哀楽をハッキリと表に出す性格だが、その代わりあまり感情を引きずることはない。そんな彼女がここまでジタバタとするのだから、昨日どれだけの覚悟を持ってウェインの話し合いに臨んだことか。

とはいえ、何日もこのままでいられては困りものだ。

ナナキではなく、フラーニャ自身が困ることになる。

「後悔してるのか？　昨日のことを」

ナナキの問いにフラーニャは動きを止めた。

「……してないわ」

顔を枕に埋めて、フラーニャはくぐもった返答を発する。

「私にとっても、お兄様にとっても、ナトラにとっても、あれは必要なことだもの」

彼女の脳裏に浮かぶのは、未だ鮮烈な昨日の記憶。

この国と民をどう思っているか、問いただした時のこと――

◆◇◆

「前に、ゼノヴィア辺りと話したことがあったか」

真剣なフラーニャを前にして、ウェインはどこか飄々とした態度だ。

「民に対する為政者の認識は様々だ。家畜と思っている者がいる。所有物と思っている者もいる。可愛い愛玩動物と思っている奴もいるかもな。だが何にしても、大半は自分より下だと考えてるだろう。為政者の持つ権力、権威、血筋が、己が民草と同等であると認識することを許さない。──だが、俺の考えは少し違う」

ウェインは言った。

「俺はな、フラーニャ、民のことを共犯者だと思ってる」

「共犯者……?」

思いがけない返答に、フラーニャは虚を突かれた。

「そうだ。民は家畜ではない。持ち物でもない。愛玩動物でもない。なぜなら権力は民なくして成立せず、権威は幻想であり、血筋はただの飾りだからだ。為政者と民の間に上下はなく、果たすべき役割が違うというだけで、本質的には横並びに立っている」

「……」

「では為政者と民は友人や同志になり得るか? これはノーだ。両者は横並びではあっても、その間にある距離は遠い。為政者が一人一人に心を砕くには民の数はあまりに多く、為政者の苦悩を民が理解するには隔たりがありすぎる。両者がお互いを理解し合うことはない。──ならば、主従ではなく友人でもない両者を繋げるものが必要だ」

ウェインは続ける。

「それこそが『利益』だ。為政者も民を互いを豊かにするというただ一点の約束事を前提に、その天秤が釣り合うように腐心する。利益の繋がりである以上、隙あらば出し抜き、天秤が傾けば切り捨てる。――それゆえに、共犯者。この薄氷に映る蜜月こそが為政者と民のあるべき姿であり、これを維持することが互いの役目だと俺は考える」

そう語る兄の言葉に、フラーニャは一切の嘘偽りを感じなかった。

ならば確信する他にない。兄は本心からこれを言っている。

「……だから、民同士で争い、敗者が淘汰されていくのを許容すると？」

「そうだ。そうして民衆が競い合い、強く賢くなることで全体が豊かになり、為政者は隙を見せまいと襟を正す。この情のない相互監視こそが優れた結果を生み出すと俺は確信してる」

果たしてこれを高潔と言うべきか、あるいは傲慢と言うべきか。

大半の為政者は強く賢い民など望まない。なぜなら自分の立場と権益を脅かしうるからだ。これに対抗するには自身も強く賢くあらねばならないが、そんな面倒なこと、権力の座に座る者が望んでこなすわけもない。ゆえに民は弱く、従順で、かつ有能であって欲しいというのが為政者の偽らざる本音だ。

だというのに、ウェインはそれを望む。

いくらでも民が強く賢くなって構わないと彼は言う。それこそが豊かさに繋がるのだと主張する。余人からすれば、己の権力に固執しない清廉な人物と映るだろう。

それは決して間違いではない。ウェインが今の地位に執着していないのは事実だ。

しかしそれ以上に、彼には自信があるのだ。

たとえ百万の民が脅かしにこようとも、自分ならば勝てるという絶対的な自信が。

「それが、お兄様なのね……」

そしてフラーニャは理解出来た。出来てしまった。

数年前ならば、きっと兄に圧倒されるばかりで、彼の言葉に想いを巡らせることなど出来なかっただろう。しかし今は違う。よく学び、考え、教えられ、そうして少しずつフラーニャの中に積み重ねられてきたものが、ウェインの言葉を正しく理解することを可能にしていた。

その上で、

「フラーニャは俺が間違っていると思うか？」

兄の問いに、

「――ええ、間違ってると思うわ」

フラーニャは、力強く、真っ直ぐに断言した。

「ほう……」

ウェインが眼を見開いた。そこに浮かぶのは驚きであり、好奇であり、喜びだった。

「面白いな。何を以て俺が間違いだと言うんだ？」

試すようにウェインは問う。

「まさか民が可哀想だなんて慈愛の心だけで否定したわけじゃないだろう？」

「もちろん、それだけじゃないわ」

最初は兄の言う通りだった。ナトラの変化についていけず、切り捨てられていく民が、かつての自分を見るようで、同情したのが始まりだ。

けれど兄は兄のやり方で多くの民を豊かにしている。それは民が可哀想だからだけではとても否定しきれない功績だ。

だからフラーニャは模索しなくてはならなかった。どうすれば兄の方針を否定出来るのかを。あるいは、否定しようとする自分の方が間違いなのかを。

そうして考えて、調べて、学んで――結論を得た。

「お兄様のやり方なら確かに民は強くなるわ。ううん、強い民だけが生き残る。それによって多くが豊かになるのは間違いないでしょう。でも、その強さは『今』だけの強さよ」

「『今』とは？」

「この時代のことよ。今の時代に富を築こうとすれば、今の時代に適応した強さが求められるのは当然のこと。けれど、時代、文化、社会の秩序――それらは常に、そして時に劇的に変化することを、私達は身を以て知ってるはずよ。そして戦時に必要な人材と、平時に必要な人材が違うように、今の時代で強い人が次の時代でも強いとは限らないわ」

フラーニャは押し切るように続ける。

「お兄様の政策は、言うなれば民の淘汰と特化。『今』が続くほどに大きく富を得ることが出来る方針よ。けれどこの方針は、次の時代が到来した時、適応出来ずに崩れる危険性を孕(はら)んでいるわ」

如何(いか)なる生物であれ、環境に適応することが繁栄の第一歩だ。

しかし適応しすぎることは、変化への対応力を失うことにも繋がる。

味と栄養価の高い蜜を持つ花と、その花から蜜を吸うことに特化した蝶(ちょう)がいたとして、何らかの環境の変化で花が咲かなくなった時、蝶は滅びることになるだろう。

「今に適した民になることを推奨(すいしょう)すること。それ自体に異論はないわ。むしろ絶対に必要なことだと私も思う。けれど適さなかった民が無価値なわけじゃない。いつか来る変化において、彼らが輝き、国を支えてくれるかもしれないのだから」

一息。

「もちろん、これを実現するのは簡単じゃないわ。淘汰されるはずの彼らを保持しようとすれば、社会の負担が増えるし、適応した側の反発も抑え込む必要がある。でもそのためにあるのが豊かさと為政者よ」

今に適応した民を増やすことで豊かになり、その豊かさが適応出来ない民を支える。しかし適応した人々は、適応しなかった人々を嘲(あざけ)り、侮蔑(ぶべつ)するだろう。彼らの築いた地位、能力、実績が、否応なしに社会的な上下を生み出すのは想像に難くない。

「時代に適応出来た人と出来なかった人。彼らの間に立って仲を取り持てるのが、百万の民を俯瞰（ふかん）し、百年後の未来を想起する、私達為政者に他ならないわ」

　確信と共にフラーニャは宣言する。

「これは慈善なんかじゃない。国の未来に可能性を繋ぐために必要な事業よ。その可能性が消えていくのを黙って見ているだけなんて、ただの怠慢（たいまん）でしかないわ！」

　言い切った時、フラーニャは肩で息をしていた。

　そんな彼女を前にして、ウェインは軽く手を叩いた。それは成長した妹に対する称賛だった。

「驚いたぞフラーニャ。俺の予想を遙（はる）かに上回る解答だ」

　ウェインの口元に浮かぶのは笑みだ。反面、それを見つめるフラーニャの表情は硬い。普段は兄に褒められれば諸手（もろて）を上げて喜ぶところだが、今は彼の笑みの根底にいかなる想いがあるか、固唾（かたず）を呑むばかりだ。

「そんな顔をするな。俺が褒めているのは本心だ。とても勉強したんだな」

　ウェインは言った。

「だからこそ、フラーニャも解っているだろう？　――俺がその意見に頷かないことに」

「……」

　そう、兄の言う通り、フラーニャには解っていた。自分の提案が理解はされても受け入れてはもらえないことに。

なぜなら、国と民について問われていながら、兄は民のことだけを語っていたから。

その理由は一つ。――兄は、このナトラに全く思いを寄せていないのだ。

「フラーニャの言うように、時代に適応した人間が手にした豊かさで、そうでない人間を支えようとするのなら、枠組みとなる共同体が不可欠だ。同じ村、同じ町、同じ国の民という線引き。これがあって初めて豊かさの循環を民は許容するだろう。しかしそうまでして未来に備える必要があるか？」

ウェインは言った。

「これまで通用していた強さが、ある日通じなくなるということは確かにあるかもしれない。しかしそれで次の強さを得られず滅びるというのなら、それまでの話じゃないか」

「……」

これも、解っていたことだ。

兄が掲げるのは徹底した個人主義。誰もが己を望むままに用いることを善とする。地上でも希有(けう)な血筋を持ちながら、そんなものは虚飾と鼻で笑い、誰もが王になり得ると確信する兄だからこその答え。

兄にとって、ナトラ王国八十万の民は、国民という分類ではなく、八十万人の個人なのだ。

国家などというものは、使い捨てられる器でしかない。

「……共同体の役目は、淘汰される側の救済だけじゃないわ」

そんな兄の主張を理解した上で、フラーニャは言った。

「同じ旗を背負って立つ仲間が傍に居るという意識が心を満たし、文化の発展に寄与し、困難を乗りこえる心の柱にもなってくれる。一人では不可能なことが、仲間と共にならば実行出来る。一度は強さを失った人でも、再び立ち上がるまで守ってもくれる。――国家とは、百万の民をも結びつけられる紐帯(ちゅうたい)であり、その未来を守る盾。たとえお兄様であっても、この価値を貶(おとし)めることは出来ないわ！」

「――ならば」

ウェインは言った。

「ならば、俺に言わなくてはならないことがあるはずだ、フラーニャ」

「っ……」

「解り合えない両者が対峙(たいじ)し、一つの席を争うというのなら、その宣言は避けて通れない。そうだろう？」

叶うならば、そうなって欲しくなかった。

けれど、こうなるだろうとは思っていた。

どれだけ言葉を尽くしても兄は揺るがない。そして自分も譲れない。

ならば、兄の言う通り、言わねばならない。

「私はナトラを、ナトラの民を愛してるわ。彼らに幸せになって欲しい、王国が長く長く繁栄して欲しい。けれどお兄様の下でそれはきっと叶わない。民を共犯者とみなすお兄様は、いつかナトラの敵に回る。だから——だから——」

一息。

「お兄様を乗りこえて、私がナトラの王になるわ」

ウェインは満面の笑みを浮かべた。

「素晴らしい。その決意を心から祝福するぞ、フラーニャ」

◆◇◆

「——という感じでな」

話し終えたウェインは、満足そうな顔で頷いた。

「いやあ、ちょっと見ない間にあんなに成長するとは。小さなフラーニャはもう思い出の中にしかいないと思うと、嬉しいやら寂しいやら」

などとのたまうウェインだが、話を聞いていたニニムは当然のごとく唖然としていた。

「ふ、フラーニャ殿下がそんなことを……」

問題が起きた、どころではない。

帝国であれほど波乱を起こした王位争奪戦が、ここナトラでも始まろうというのだ。ウェインの側近として、ナトラの国民として、悪夢という他にない状況だった。

「今すぐにでもフラーニャ殿下に翻意するよう説得を……！」

「通らないと思うぞ。フラーニャの性格からして、そんな気持ちが少しでもあるなら、王位を狙うだなんて宣言しないさ」

「それは……そうかもしれないけれど！　だからって！」

普段からは想像も出来ないほどニニムは焦燥を滲ませる。しかしそれも当然だろう。事は間違いなく緊急を要する事態だ。

「というより、ウェインはどうしてそんなに余裕なのよ⁉」

これが無関係な話ならばともかく、むしろ中心も中心の人物だというのに、その態度は不意に感じたそよ風を慈しむかのようだ。これにはニニムも思わず声を荒らげるが、

「俺が勝つから」

「っ……！」

端的で、かつ完全な理由を口にしたウェインに、ニニムは息を呑んだ。

「落ち着いて考えてみろよ、ニニム。現実問題として、俺が負けると思うか？」

「それは――」

有り得ない。

ウェインとフラーニャの政治方針に食い違いがあるのは事実だろう。しかしだからといってウェインが明確な悪政を敷いているわけではない。むしろ彼は国民を疎かにせず、文武の官僚に気を遣い、それでいて国内外で実績を上げているのだから、まるっきり正反対だ。

もちろんそれは全ての民が王になり得るという考えを土台にした、言わば寝首を掻かれまいとする彼なりの戦略なのだが、その内面の動機を知らない余人からすれば、ウェインは理想的な王太子だろう。

それでも中には政治方針から、あるいはウェインを危険視して、フラーニャを支持する人間もいるだろうが――そんな彼らが集まったところで、ウェインの支持勢力を上回ることなど不可能だ。

「まず無理だろ？　むしろ勢力として形成出来るかすら怪しい。下手に潰そうと動いた方がかえって被害を広げるかもしれないぐらいだ。今はフラーニャの成長を眺めながら、慌てず騒がず、のんびり構えてればいいのさ」

「……」

普通に考えれば、なるほど確かにウェインの言う通り、焦りすぎたかもしれない。

決意表明こそすれど、王女の支持基盤は薄弱。彼女の性格からしても、血みどろの権力争いは好まないだろう。まして相手がウェインなのだから、それこそ反抗期の妹をあやす程度に収まりそうではある。

しかし、その結論を得てもなお、ニニムの胸中から不安は拭(ぬぐ)えなかった。

（ウェイン……）

フラーニャでは勝てない。この予測に間違いはない。

ならばこの不安の根源はどこにあるのか。

決まっている。目の前に座る、主君からだ。

（本当に、大丈夫なの……？）

それはニニムの焦燥が生み出した妄想(もうそう)か、あるいは長年仕えてきた経験からなる直感か。

心配はないと語るウェインの言葉の奥底に、何かの思惑があるようにニニムは感じた。

気のせいならば、それでいい。しかし思惑があるのならば、それを自分に告げない理由は。

「ニニム、どうした？」

「……何でもないわ」

頭を振って応じながら、ニニムは改めてウェインを見やる。

もはや慣れ親しんだ幼馴染(おさななじみ)の姿。

けれど今の彼からは、かつて森の邸宅で出会った頃の、得体の知れなさを感じずにはいられなかった。

第四章　過去と今と

ニニムが森の邸宅で暮らし始めてから、しばらくの時が過ぎた。

王子様であるウェインの内面こそ未だ不明瞭なものの、特に理不尽なことをされるわけでもなく、素っ気ない態度にも次第に慣れてきた。仕事においてはまだ未熟な部分があるが、そこは同じく傍に控えているラークルムがサポートしてくれる。結論から言えば、この新たな生活はとても順調だった。

ただし、そうやって順応していってもなお、心の中にもやがあることは否めなかった。むしろ今の環境が心地よいからこそ、しこりとなる部分の影が濃くなっていた。

そして、

「向こうと話が纏まった。明日、君の無事を確認しに郷から人が来る」

ラークルムの告知を前に、遂に影が実体化したのをニニムは感じた。

「面会するにあたって近くの町で部屋を借りた。私もついていくが、正直に言えば、君がここに残りたいなら君自身が彼らを説き伏せるつもりでいた方がいいだろう」

ニニムの今の状況は、幼い子供が誰にも行き先を告げずに家出して、偶然得た働き口で暮らしているというものだ。最北の国であるナトラは、強盗や人攫いすら寄りつかない不遇の地であるが、悪意を持った人間がいないわけではない。そういう連中に遭遇することなく安定を得られたことは、間違いなく僥倖だった。

まともな保護者ならば、すぐにでも家に連れ帰ろうとするだろうし、ニニムがそれを了承するなら、ウェインやラークルムも止めはすまい。つまるところ自分がここに居るのは、自分のワガママでしかないのだ。生活が安定し、自分を振り返る余裕を得たことで、ニニムはその事実から眼を逸らすことが出来なくなった。

（私はどうしたいんだろう……）

この邸宅に行き着いてから、何度となくくり返した自問だが、答えは未だに出ていない。そして出ないまま、期限を迎えてしまった。

「迷いがあるのは解るが、ここで頓挫すれば向こうも不安になる。話が纏まるかどうかはともかく、無事な顔は見せてあげなさい」

ニニムは小さく頷いた。

そんな彼女に向かってラークルムは続ける。

「それと、町へは殿下もご一緒されることになった」

「ウェイン殿下も、ですか？」

「君を蔑ろにするつもりはないが、君のために殿下をお一人にするのは憚られる。どうしたものかと相談したら、自分も共に行けば解決すると仰られてな」

護衛であるラークルムの体が一つしかない以上、ウェインかニニムどちらかの傍にしかいられない。もちろん優先されるべきはウェインであって、本来ならば同じ天秤に乗ることすらおこがましいが――三人で行動するという話になる辺り、気を遣われているのだろう。ニニムは内心で感謝を抱いた。とはいえ、それなら素直に護衛を増やした方がいいのではとも思うが。

「まあ私と殿下のことは気にしなくていい。今は自分のことを考えなさい」

「……はい」

ラークルムに促され、ニニムは再び自問を脳裏に浮かべる。

自分はどうしたいのか。

明日までに、この答えを出せるだろうか。

◆◇◆

翌日、ウェイン達三人は予定通りに邸宅を出立した。

邸宅に辿り着いてからというものの、屋内での仕事に奔走していたニニムにとって、久方ぶりの外出である。森の中の道を歩きながら、改めてここが森の奥深くであり、自分が幸運であることをニニムは自覚した。

そうしてしばらく歩いていると森の外に到着し、そこには馬と立派な馬車が用意されていた。

「待たせたな」

「とんでもございません」

ラークルムは馬達を連れてきた人物と二言三言と言葉を交わし、おもむろに振り向いた。

「殿下、どうぞ馬車の中へ。ニニムも」

「わ、私もよろしいのですか？」

「まさか歩いて付いてくるとは言うまい？」

そう小さく笑うと、ラークルムは馬車を引いてるのとは別の馬に飛び乗った。

これに次いでウェインもさっさと馬車に乗り込んだため、ニニムは慌てて彼に続く。先ほどの運び手が馬車の御者になるようだ。

「では、出発」

ラークルムの号令に合わせて、馬車は進み出した。

「わあ……」

初めて馬車に乗るニニムは、思わず感嘆を漏らした。馬車の車室は言わば部屋であり、その部屋ごと移動するというのはなかなか新鮮な感覚だった。馬車は振動が酷いという話も聞いていたが、振動を抑える機構がついているのか、はたまた座席に置かれた上質なクッションのおかげか、ほとんど気にならないのも大きい。

しかし、そうして身を乗り出すようにして景色を見つめていたニニムだが、はたと気づく。

馬車の中には自分だけなくウェインもいたのだ。

「も、申し訳ございません。はしゃいでしまって」

「構わない」

取り繕うように居住まいを正し、席に着くニニムに、ウェインはそう短く応じた。何も知らなければ勘気に触れたと勘違いしかねいない素っ気なさだが、彼の傍に控えるようになってそれなりに経ったニニムには、本心からの言葉だと感じ取れた。

「……あの、殿下」

「何だ？」

「その、色々とありがとうございます。私のために」

王太子であるウェインがなぜ人里離れた場所で生活しているのかは解らない。ともあれどんな理由があるにせよ、ニニムが多く助けられているのは紛れもない事実だ。いくら感謝してもしきれるものではない。が、

「求められたから応じただけのことだ」

ウェインの返答は、いつも通りに端的だ。

そんな対応だろうとは予想していたが、むう、とニニムは小さく唸った。

いやもちろん解っている。こちろは一方的に助けられているばかりなのだし、文句をつける

権利などどこにもない。しかしこうも反応がないと、胸に抱いている感謝の気持ちがまるで路傍の石のように思えてしまえて、複雑なのだ。

だから、なのだろう。

「……殿下が助けてくださるのは、高貴なる義務というものでしょうか？」

ふと、そんな問いかけが口から零れた。

持つ者が持たざる者へ施すという精神。それがウェインの根底にあるのならば、助けてくれることも、助けることの見返りに頓着しないことも頷ける。そう思った。

しかし、ウェインの反応は予想外だった。

「高貴？」

この国で最も貴重な血を受け継ぐ少年は、突然異国の言葉を浴びせかけられたかのように驚きを示した後――ニニムの言葉を理解して、小さく笑った。

「高貴、高貴か。そう見えるのか。いや、そう解釈するのが自然か」

「……えっと」

初めて見た仮初めの主君の笑顔と、その理由の不明瞭さに、ニニムは戸惑う。自分は何かマズいことを言ったのかと、不安で心が揺れるが、そんな彼女にウェインは言う。

「それが欲しいという願望と、そうであって欲しいという幻想が余人にあり、その二つを全うする権能を俺が所有していた。それが理由だ」

「………ええっと」

困惑が加速した。

王子の言葉を噛み砕こうと試みること十数秒、恐る恐るニニムは言った。

「つまり……私が助けて欲しいって言ったから、助けてくれたのですか？」

こう言うと仁徳に溢れたものだが、ウェインの様子を見ていると、そんな単純な優しさとは違うと感じる。となるとやはり高貴なる義務が近いのかとも思うが、これにも微妙なズレがあるように思えた。

「好きに解釈すると良い」

そんなニニムの考えを見透かしているのか、ウェインはそう口にした。何やら煙に巻かれているような、相手にされていないような対応に、むう、とニニムは再度唸る。大人びているが、彼女もまだ幼い心を残していた。

「……じゃあ、私が他に何かお願いしたら、叶えてくれるんですか？」

それは反発というにはあまりに些細な、稚気から生じた言葉だったが、ウェインはすっと真剣な眼差しになった。

「何を望む？」

「え？」

「俺に何を望む？」

にわかにニニムは緊張を抱いた。

ウェインの声の調子は普段と変わらない。けれどこの質問はマズい。ここで下手に応じれば、取り返しのつかないことが起こりかねないと、ニニムは直感した。

「あ、あの……」

何を言えばいいのか。あるいは、何を言ったらダメなのか。ニニムは必死になって思考を巡らせて、

「殿下、失礼します」

割って入るラークルムの声が、馬車の外から届いた。

「町が見えてきました。直に到着を……どうされました？」

車内のただならぬ気配を感じ取ったのか、ラークルムは怪訝そうな顔になるが、ウェインは小さく頭を振った。

「気にするな。他愛のないことだ」

「はっ」

ラークルムは深く追及することなく馬車から離れる。そしてウェインの視線は再びニニムへと向けられ、ニニムは思わず背筋を強ばらせたが——ウェインは何も言うことなく、静かに瞼を閉じた。どうやらこちらへの興味を失ったらしい。

果たしてウェインの真意は何だったのか。釈然としない思いはあるが、ともかくニニムは胸

をなで下ろす。今ここで主君といざこざを起こすわけにはいかない。——なにせ、自分の本題は始まってもいないのだから。

この先で待ち受けるものを思い、ニニムは一人、緊張を胸に抱いた。

◆◇◆

深く息を吸う。そして吐く。

ニニムは強ばる心胆を落ち着かせるべく、この動作を二度三度とくり返す。効果のほどは、あまり感じられなかった。

「そこまで深刻にならずとも良いだろう。取って食われるわけではないのだ」

傍ら(かたわ)のラークルムがそう声をかけるが、心には響かない。そんなことは解っています、と八つ当たりじみた感情が浮かぶ始末だ。

「……この先に、もう?」

「ああ、待っているはずだ」

町に到着した一行は、そのまま面会予定の宿に馬車を停めた。

そしてウェインを別室に待たせた上で、ラークルムとニニムは予定の部屋へと足を運び、今、その扉を前にしている。

「……」

深く息を吸う。そして吐く。

その後、ニニムは意を決して扉に手をかけた。

「失礼します」

部屋に入ると、そこには二人の人間がいた。

片方はフラム人の老婆だ。フラム人達から長老衆と呼ばれる一族のご意見番にして、ニニムの出自を知る人物の一人になる。

「おお、ニニム……！」

そんな老婆は、ニニムの姿を見るや否や、彼女に駆け寄った。

「無事だとは聞いていたが、大丈夫か？　ケガは？　食事はちゃんと取っているか？」

「はい、ご覧の通り健康です、御婆様。それより……」

ニニムの視線が向けられているのは老婆ではない。彼女と共に部屋に居た、もう一人の人物に集中していた。

「レヴァン様、どうしてここに」

「姿を消した一族の子が見つかったのだ。長として、無事を確認するのは不思議ではあるまい」

ナトラに住むフラム人の長、レヴァン。ニニムもこれまで数回しか話したことがない人物だ。

しかしそれも当然だろう。彼はナトラ王国国王オーウェンの補佐官。王国を支える屋台骨であり、その日々が多忙であることは想像に難くない。いかに優秀と評されているとはいえ、ただの子供でしかないニニムと深い面識があるはずもなかった。

　そして同じ理由で、この場に居るのは不自然だった。レヴァンは不思議ではないというものの、ニニムの無事を確認するために出張って来るのはあまりにも過剰だ。事実、チラリと傍らのラークルムを見れば、驚愕（きょうがく）に目を見開いているのが解った。

　ただし、これらの考えはある一つの要素で覆（くつがえ）る。

　ニニムに流れる、始祖の血である。

「ともかく無事で良かった。これも始祖様のご加護に違いあるまい」

　老婆は安堵（あんど）の吐息とともにそう口にする。

「お主が突然いなくなって、私はもちろん、郷の者もみな気が気でなかったぞ」

　早くに両親を失い、同じような境遇の子達と一緒に郷全体で育てられたニニムにとって、郷の人達が家族のようなものだ。解ってはいたが、こうして言葉にされると、自分は彼らにどれほどの心配をかけたのかと思い、胸が痛んだ。

「無事という報（しら）せのお陰で、どうにか落ち着けたがのう」

「本当にご心配をおかけしました」

「うむ、その言葉は郷の皆にもかけてやるがよい。それで、そちらが」

「はい。私を受け入れてくださったお貴族様にお仕えする方です」

「……ラークルムと申します」

慎重な物腰でラークルムは一礼した。視線は老婆だが、その注意はレヴァンへと向けられている。ニニムの血筋を知らない彼にとってみれば、家出娘の面談に王国の重鎮が突然現れたのだから当然だ。

しかしそうなると、この状況はまずい。血筋について知ればラークルムは納得するだろうが、一族の秘奥をおいそれと話せるわけもない。どうするか、とニニムが考えたところで、

「安心したまえ。貴公の主君については聞き及んでいる」

レヴァンの言葉にラークルムはハッとなった。

「こちらにも来ているのだろう？　後で少しばかり話をさせて欲しい」

彼の言葉を受けて、ラークルムとニニムはそれぞれ別の理由で納得した。レヴァンの立場であれば、ラークルムの主がウェインであると知っていても何らおかしくはない。そしてラークルムにレヴァンの目的がニニムではなくウェインにあると考えさせ、こちらの血筋についてさりげなく隠したのだ。

「レヴァンよ、その前に言うことがあるじゃろう」

そんな駆け引きに気づいていないのか、興味がないのか、老婆は苦言を呈した。

「この方はニニムを助けくれた恩人であるぞ」

「そうでしたな。──族長として、一族の子を保護してくれたことに心から感謝する」

雲上人とも言えるレヴァンに頭を下げられ、ラークルムは慌てた。

「いえ、私は何も。全ては主がお決めになられたことですので」

「もちろんこの後、そちらにも礼を尽くすとも。しかし彼女の様子を見れば、貴公も良くしてくれたことは解るというものだ」

「き、恐縮です」

レヴァン達の眼には、ニニムがラークルムを絶妙に盾にしようとしているのがよく解る。もしも彼女が虐げられていれば、そのような光景は有り得ないだろう。

「向こうでどんな暮らしをしていたのか、興味はあるが――」

老婆は言った。

「それは帰ってからたっぷりと聞くとしよう。もちろん説教もつけてのう」

「そうですね。私も今日中に王宮に戻らねばなりませんから」

「相変わらず忙しい奴じゃ。まあよい、ニニムは私が連れ帰るのでな」

「――――」

ニニムの肩が小さく震えた。

それを見て取ったラークルムは、僅かな逡巡の後、言った。

「あー……そのことですが、少々お話が」

「うむ？」

「その、なんと言いますか……もう少し彼女を預かることは出来ませんか？」

瞬間、レヴァンと老婆の視線が鋭くなった。

自分より遥かに年上な人間と、遥かに偉い人間に睨まれて、ラークルムは頬を引きつらせた。

「実を言うと、私が務めている屋敷では人手が不足しておりまして。そこで彼女には屋敷の管理を手伝ってもらっていたのですが、真面目でよく働いてくれて助かっているのです」

「それならば、一族から他の者を寄越そう」

老婆は言った。

「よく働くといっても幼子のこと、一人前には遠かろう。ちゃんと使える人間を、必要なだけ手配しようではないか。なに、これも礼代わりと思って気にせず受け取ってくれればよい」

ぐうの音も出ない完璧な申し出に、ラークルムは困った。

これ以上のフォローは無理と、視線でニニムに合図をする。

少女は小さく頷き、覚悟を決めた。

「待ってください」

真っ直ぐに前を見て、ニニムは言う。

「私は、帰りたくありません」

◆◇◆

宿の一室で、ウェインは静かに本を読んでいた。

感動も驚嘆もなく、淡々と文字を眼で追う。その姿はさながら一枚絵のようでもあり、時折ページをめくるために動く指先が、現実の中にあることを示していた。

そんな中、不意に静寂を打ち破る音がドアの方から届いた。

「殿下、失礼します」

現れたのはラークルム——と、もう一人の男。レヴァンだ。

「話は終わったのか？」

パタン、と本を閉じてウェインが問うと、ラークルムは困った顔になった。

「いえ、まだです。どうやら私が立ち入れない話になりそうなのと、こちらのレヴァン様が殿下にお目にかかりたいとのことでしたので、一旦席を外してお連れしました」

「お久しぶりです、ウェイン殿下」

レヴァンはその場に跪いて一礼した。

「まずは御無事で何より。宮廷を離れられた後も殿下のご様子については伺っておりましたが、こうして殿下のご健勝を目の当たりに出来て安堵いたしました」

「そちらもな」

ウェインは短く応じた。

「陛下も変わりないか？」

「はい。壮健であらせられます」

頷いてからレヴァンは続ける。

「ですが今日私がここを訪れたのでは、殿下のご様子を確認するためだけではありません。陛下のお気持ちをお伝えに参りました」

レヴァンの目的にニニムの無事を確認することがあったのは間違いない。そして表向きは普通の小娘であるニニムに会うため、ウェインの存在をダシにして偽装したこともその通りだ。しかしそれと並行して、国王の意思をウェインに伝える目的も彼にはあった。

「陛下は殿下の安否で気を揉(も)んでおられます。王宮の外は決して安全ではありません。ましてほとんど供も連れていないとなれば、尚更(なおさら)です。明言こそされていませんが、陛下は殿下が宮殿に戻られることを望まれています」

古今東西、身分の上下を問わず、拗(こじ)れた親子関係というのは珍しくもない話だが、そんな中で国王オーウェンと王子ウェインの関係は、幸いなことに良好といえた。

オーウェンは日々政務に追われ、必ずしも親子との時間を十分に取れていたとは言いがたい。しかしそれは王として避けては通れぬことであり、ウェインもこれを理解した上で父親を敬っている。そしてそんな息子の器量に、オーウェンもまた満足している。少なくとも周囲からはそう見えていた。

ならば、王冠の継承者でもあるウェインの安否を気遣うのは、王として、親として、自然なことだろう。そして長年国王に仕えるレヴァンならば、そんな王の胸の内を推察することも不思議ではない。

──とはいえ、だ。

「殿下が懸念されていることは、無論、理解しております」

ウェインとて、何も物見遊山で宮廷を離れていたわけではない。

「王妃様がお隠れになって以来、宮廷に不穏な空気が流れているのは把握しておりますゆえ」

王妃。すなわち国王の妻であり、ウェインとその妹フラーニャの母親だ。

彼女が亡くなったことは国民の記憶にも新しい。フラーニャを産んで以来体調を崩しがちであり、療養に努めていたが、快癒の祈りはついぞ天には届かなかった。

王妃は下級貴族の出身でありながら王に見初められた逸話を持ち、国民に広く親しまれていた。それだけに、彼女の死によって多くの嘆きと哀しみが生まれたのだが──その裏側で、暗い野心も芽生えていた。

「動いてるのはどの程度になる」

おもむろなウェインの問いに、レヴァンは悩ましげに眉根を寄せる。

「陛下の後妻の地位を狙う者達は数知れず。その中から、殿下の排除までも想定している家は、二つか、三つといったところかと」

「そうか」

家臣達が自分の命を狙っている。

その事実を前にして、小さく応じたウェインの心境は幾ばくか。

それを推し量ることは出来ないが、しかし今の話で納得したのはラークルムだ。

(そのような事情がウェイン殿下を取り巻いていたのか)

いかにナトラが小国といえど、王族に焦がれぬ者はいまい。王妃の立場が空席になったのであれば、好機と考えて貴族達が殺到するのも道理だが——そうなると邪魔になるのは、王太子ウェインの存在だ。

国王オーウェンはまだまだ壮健であり、後妻を娶ることは十分に有り得る。しかしその後妻との間に子が産まれれば、後継者問題が勃発しかねない。折角ウェインという有望な跡継ぎがいるのだから、国王もそこに水を差すことは望まないだろう。

だからこそ、ウェインの命は狙うに値する。王妃の座を狙う者達にとって、ウェインの排除が出来ればオーウェンに後妻を娶る必要性を与え、かつ将来的に男児が産まれた場合の厄介な対抗馬を消すことにも繋がるからだ。

「現在ハガル将軍とも協力し、不埒者達の捕縛準備を進めております。遠からず問題は解決されることでしょう。信頼出来る護衛も用意しております。宮殿で過ごされても御身の安全が脅かされることはないかと」

ハガルは王からの信任も厚いナトラ屈指の将だ。彼ならば不埒な野心の一つや二つは容易く打ち砕くだろう。が、逆を言えばそれほどの将を動かさなければならない事態とも言える。

(宮廷が不穏とは聞いていたが、ここまでとは)

ラークルムは、ウェインが人気のない森の奥で半ば隠棲していた理由を改めて理解する。しかもただ外に出たのではない。供回りは最小限で、かつラークルムのように宮廷から縁遠い人間を選出しつつ、情報が漏洩しないよう事情を伏せる徹底ぶりである。

この自分への対応について、ラークルムは不義理とは思わなかった。王太子が命を狙われているのならば、それぐらいして然るべきだ。むしろウェインの手際と度胸に感心する方が強い。王子はまだ十にも満たない年齢なのだ。王族というのは皆こうなのか、あるいはウェインが特別なのか。

「殿下、どうか御一考を」

頭を下げるレヴァン。

対してウェインは思案しているのか、黙したまま語らない。

主君が何を考えているかは解らないが、自分がやるべきことは、お役目が解かれる日までウェインの傍にいることだけだ。そう思いを改めると同時に、ラークルムは内心で苦笑した。

(しかしまあ、奇妙な縁があるものだ)

自分がウェインに選ばれたこと——ではない。

脳裏に浮かぶのは、幼いウェインとニニムの姿。

考えてみると、二人はお互いに家出した者同士なのだ。

互いの事情に差違はあれど、縁もゆかりもない少年少女が同時期に家を飛び出し、あんな森の奥で出会うなど、まさしく奇妙な縁である。

(そういえば、向こうの話し合いはどうなっているのだろうな)

思い立ったラークルムは、意識を部屋の外へと僅かに傾ける。

その時だ。

「──もういい！　知らない！」

扉の向こうから聞き覚えのある少女の怒声と、駆け抜ける足音が響いた。

ラークルムは即座に動き、腰に帯びた剣に手をやりながら扉を開く。するとそこには今まさに廊下の向こうへ消えていくニニムの背中と、それを痛恨(つうこん)の表情で見送る老婆の姿があった。

「どうした、何があった⁉」

ラークルムに次いでレヴァンも慌てて廊下に出る。

「すまぬ、レヴァン。戻ってくるよう何度も言ったのじゃが……」

説得するどころか、反感を煽(あお)る結果になってしまったと、老婆の表情が告げていた。

「……殿下っ」

レヴァンは焦燥(しょうそう)を浮かべながら振り向き、部屋にいるウェインに向かって言った。

「申し訳ありません。話の途中ですが、ニニムを探しに行くことをお許し願いたく」

郷を飛び出したニニムが無事だったのは、幾つもの偶然が重なってのことだ。もしもまたニニムの足取りを見失えば、今度こそ彼女が無事に見つかるとは限らない。郷に帰る帰らないはさておき、少なくともこの宿にまで速(すみ)やかに連れ戻す必要があった。

「構わん。好きにしろ」

「はっ。ありがたく！」

レヴァンは一礼すると素早く踵(きびす)を返し、宿を飛び出して行った。

それを見送るのはウェインとラークルム、そして老婆であったが——

「殿下、我々は如何(いかが)しますか？」

「ふむ……」

ニニムを無事なまま連れ帰りたい人情と、ウェインの護衛としての職責に揺れるラークルムを前にして、ウェインは少しばかりの沈黙を挟み、

「今なら違う返事も有り得るか」

「は……？」

「行くぞ。目星はつけてある」

ウェインは立ち上がり、部屋を出た。

宿を飛び出したニニムは、町外れにある木の陰に座り込んでいた。

望んでここに身を置いているわけではない。ただ当てもなく町を彷徨う内に、この大樹の陰に行き着いたのだ。

「……」

思い出すのは二人きりになった後での老婆との会話。

ニニムは戻りたくないという意思を伝え、理解してもらおうと対話を試みた。

けれど、ダメだった。どれだけ言葉を積み重ねても、解ってはもらえなかった。

するとその、ままならなさは怒りへと変わり、遂には外に飛び出した。

そう、またも飛び出してしまった。既に一度逃げて、逃げたところで何も解決しないことを知っていたというのに。

「何やってるんだろう、私……」

呟くと、途端に様々な感情が胸の奥からこみ上げてきた。

自分の思いを理解してもらえない悲しさ。思いを上手く伝えられない悔しさ。そして無意味だと知っていながらも、憤りを抑えられず逃げ出した幼稚な自分への嫌悪、情けなさ。それらが渦巻き、目元から涙という形で発露する。

「どうしよう……」

涙を流しながら呟いた、その時だ。

何者かが近づいてくる気配を感じ、ニニムは俯いていた顔を上げた。

「……殿下？」

ナトラの王子、ウェイン。その彼が今、目の前に立っていた。

「どうしてここが……」

「少し考えれば解ることだ」

ニニムがここに居ることは誰も知らない。事実、レヴァンはまだ方々を探し回っている。しかしウェインは当たり前のようにニニムの居場所に辿り着いた。町の地理と追い詰められた子供の心理を重ね合わせ、並外れた洞察力で正解を導き出したのである。

もちろんそれらはニニムの知る由もないことであり、彼女にしてみれば、突然王太子が現れて戸惑いを抱くばかりだ。

そんなニニムに向かって、ウェインは言った。

「人は他人に対して、そうなって欲しいという期待や、そうであって欲しいという幻想を一方的に抱きがちだ」

「え……？」

ウェインの真意をくみ取れず、ニニムの戸惑いが深くなる。

しかし彼は構わず続けた。

「親子、友人、恋人、師弟、主従――いかなる関係であろうともこれは変わらない。言わば人間の性分であり、そこに良いも悪いもない。同時に、自分に向けられるその想いを受けて奮起する者もいれば、重荷に感じる者や拒絶する者がいるのも自然なことだろう。これもまた、批判されるようなことではない」

ここまで言われて、ニニムは自分のことに言及されているのだとようやく察する。

「しかしたとえ一方的な想いでも、これを裏切ることは時として苦痛を伴う。なればこそ必要になるのが、拒絶の先に据える柱だ」

「柱……？」

「事情はどうあれ、お前は親代わりの者達が求める道筋を拒絶した。ならば自らの意思で決める必要がある。これから自分がどうするのか、どうしたいのかを」

ウェインの言葉が、ニニムの心に重くのし掛かった。

これからどうするのか、どうしたいのか。それこそまさに彼女が抱えている命題だ。

「わ、私は……」

反射的に何か口にしようとして、しかしすぐさま言葉に詰まる。

そもそも、ニニムに選択肢など何もない。この場所に永遠にいることは不可能で、他に行き先もない以上、宿に戻るしかないのだ。

だというのに、体は動かない。嫌だ嫌だと、心が駄々をこねているのだ。そんなことをしても、問題が解決するわけではないと解っていながら。

「だからこそ、心の柱が必要になる」

ニニムの苦悩を見透かしたかのように、ウェインは続けた。

「自らの弱さと浅ましさを痛感した上で、どうするか。このままでは心から溢れる血と痛みで溺(おぼ)れるだろう。いっそ拒絶を諦(あきら)めるのも一つの道だが、なお受け入れられないというのであれば、考えなくてはならない。相手以上に、自分自身を納得させる道を」

拒絶するばかりでは、自分自身を追い詰めてしまう。

自身を赦(ゆる)して、前を向くために、何か目標が必要だとウェインは語る。

彼の言葉が、迷えるニニムを導こうとしていることは間違いなかった。

「……でも」

ニニムの声は、震えていた。

「でも、わ、解らないんです。私は……私が、どうしたいのか」

ああ、とニニムは思った。本当に何一つしたいことが浮かばない。こんな有様で、レヴァン達を説得出来るものか。自分が起こしていることは、どう言いつくろっても子供の癇癪(かんしゃく)でしかないのだと、改めて実感した。

恥ずかしかった。惨(みじ)めだった。どこかへ消えてしまいたかった。

けれど、

「解らないなら、解るまで考えればいいだけのことだ」

ウェインは、事もなげにそう言った。

「問題に対して解答が同時に生じるのならば、人類から苦悩は消え去るだろう。時間が全てを解決するわけではないが、時間があれば解決出来るものもある。お前の悩みは後者の類いだ。そしてそのためには必要なものがあり、願うべき相手が居る」

ウェインの真意は、ニニムに間違いなく伝わった。

彼が促していること、自分が言うべきこと、それらを彼女は正しく理解した。

けれどニニムは躊躇う。それを本当に口にして良いのか。自分にその権利があるのかと。

だから、ウェインは言った。

「たとえ些細なことであっても、あの森でお前は自らの運命を切り拓いた」

思い起こされるのは、森で見つけた邸宅での偶然の出会い。

あの場所で結ばれた縁は、あるいはすぐさま途絶える可能性もあった。

けれどそうはならなかった。ニニムが自らの意思でそうしようと決めたのだ。

「ならば何度でも同じ事が出来るはずだ」

ウェインの眼差しが、真っ直ぐにニニムを捉えた。

彼は答えを待っている。そして答える権利と義務を持つのは、自分だけだ。

「……私がどうしたいのか、私にも解りません。多くの人達、郷の皆にも迷惑をかけていることも解っています。けれど、このまま戻ることに納得出来ないんです」

ニニムは言った。

「私に、時間をください」

あるいは、その返答しかないことは、最初から解りきっていたのかもしれない。

けれど有耶無耶（うやむや）のうちに与えられるのではなく、確固たる意思で求めたことに、きっと意味はあったのだとニニムは思った。

「だ、そうだぞ、レヴァン」

ウェインの視線が不意に傍らへと向けられる。

するといつの間にかそこにレヴァンの姿があった。その背後にはラークルムが立っていることから、彼が呼んだのだろう。

「……ニニム、お前に大きな期待がかけられているのは事実だ」

レヴァンは小さく息を吐いて言った。

「それは決してお前を追い詰めるためのものではないが……結果として、今のお前にとって重荷になっていたようだな。すまなかった」

「レヴァン様……」

「皆には私から説明する。もうしばし、郷から離れて自らを見つめ直すといい」

レヴァンの淡々とした言葉は、染み入るようにニニムに伝わり、やがて彼女の顔にかすかな笑顔が生まれる。

それを横目にレヴァンはウェインへ言った。

「ご迷惑をかけることになりますが、殿下もそれでよろしいでしょうか？」

「構わん」

「殿下の寛大なご配慮、感謝いたします」

フラム人の族長として、ニニムの保護者の一人として、レヴァンは頭を下げた。

「それでは今後の詳しい話のためにも、一度宿に戻りましょう。もうじき日も暮れますので。ニニム、お前もひとまず部屋で休みなさい」

「は、はい！」

レヴァンは宿へと足を向け、ウェイン達もそれに続く。

しかし不意にウェインは足を止めた。背後から裾を握りしめる手に気づいたからだ。それはニニムの手だった。

「あ、あの、えっと……」

ニニムには言うべきことがあった。しかし想いを咄嗟に言葉に出来ず、ならばせめてと、彼女は深々と頭を垂れた。

「礼は不要だ」

ウェインは素っ気なく応じた。

「俺に権能があり、お前に意思があった。それだけのことだ」

彼の言葉は謙遜ではなく本心であることは、これまでの付き合いで推し量ることが出来た。

「でも……それでも、嬉しかったんです」

今度は、言葉を紡ぐことが出来た。

頭を下げたまま、ニニムは想いを口にした。

「ありがとうございます、ウェイン殿下。この御恩は、忘れません」

「不要と言ったぞ」

ウェインは嘆息した後、踵を返した。

「だがまあ、好きにしろ」

「――はい、好きにします！」

ニニムは笑顔を浮かべ、ウェインと並んで歩き出した。

◆◇◆

――思ったよりも重症かもしれない。

夢から目覚めたニニムは、その余韻に浸りながらぼんやりとそう考えていた。

我ながら向こう見ずにもほどがある思い出。賢しげに振る舞っていたつもりで、実際は年相応の子供でしかなかったことを否応にも突きつけられる。普段ならば羞恥で寝台に顔を埋めるところだ。

しかし今日に限っては、そうならなかった。ニニムは夢そのものではなく、連日過去の夢を見ているところに注目していた。

（まあ、理由は解っているのだけれど……）

ウェイン。

ナトラの王太子であり、主君であり、あの森の邸宅で出会った幼馴染。

ニニムにとってウェインは間違いなく大事な人であり、それを認めた上で——ここしばらく彼が見せる態度に、自分は不安と不信を抱いている。恐らくそれが過去の、ウェインと出会った頃の記憶を呼び起こしているのだろう。

（本当に、何を考えているのかしら、ウェイン……）

ウェインと出会ってから、彼のことを理解すべく努力してきた自負はある。そしてその結果、今や以心伝心ともいえる間柄になったとも思っている。

けれどそれは錯覚だったのかもしれない。フラーニャによる現政権への反旗にも驚いたが、まさかそれをウェインが容認するとは。色々と彼から理屈を並べられて一度は納得したものの、やはり釈然としない思いが依然として残っている。

それにフラーニャの件以外にも、時折ウェインとのズレを感じることはあった。それが段々と降り積もり、今、胸の中で渦巻く暗い思いへと変貌（へんぼう）しているのだ。

（一度、話し合うべきだとは思うのだけど……）

すれ違っていると感じるのは、意思の共有が出来ていないからだ。ならば対話を通して摺（す）り合わせるのが最善手だろう。

けれど、それが解っていながら踏み出せない。

不安なのだ。話し合った結果、ウェインと解り合えないという結論になったらと思うと。

「……成長したのは外面（そとづら）だけで、中身は変わってないわね」

やるべきことが解っていながら動かないこの優柔不断。まさに夢に見た自分と同じだ。ただしあの時はウェインが導いてくれたが、今回はそれに頼ることは出来ない。

それにニニムには後ろめたい思いもあった。フラム人の間で騒がれている独立運動だ。族長レヴァンの頼みでこの件についての詳細はウェインにも伏せている。

ウェインが何を考えているか知りたいと思いながら、自分は彼の身に関係する情報を秘匿（ひとく）しているという矛盾（むじゅん）。その間に挟まれるニニムは少なからず葛藤（かっとう）で揺れている。

「むう……」

もちろん、そんなことでうだうだ悩まずに、さっさと話した方が良いに決まっている。

決まっているが、決意が湧（わ）いてこない。ニニムはどこからか気持ちが湧いてこないかと、ニ度三度と寝台で寝返りを打ったが、やがて諦めて起き上がった。

「とにかく、今日の仕事をこなしながら考えるしかないわね」

悩みはあれど、補佐官としての仕事は尽きない。悩みを理由に仕事をおざなりにして職分を果たさないようでは補佐官の名折れだ。

ゆえに補佐官としての仕事をしつつ、ウェインと話し合うタイミングを見計らう。まだそれぐらいの猶予(ゆうよ)はあるはずだ。……多分。

鏡の向こう側の自分から、楽観的すぎよ、と苦言を口に出されそうな気がしつつも、ニニムは姿見を前にして身支度を調えた。


そして案の定と言うべきか、数日後、事態は更なる混迷を迎える。

原因は、レベティア教からの使者。

使者は、福音(ふくいん)局局長カルドメリアとの会談というイベントを引っ提(ひさ)げていた。

第五章　奇襲

「カルドメリアからの会談の申し込みねえ……」

執務室の椅子に座り頬杖を突きながら、ウェインは悩ましげに唸った。

「ニニム、向こうの狙いは何だと思う？」

「……」

「ニニム？」

「あっ、と、ごめんなさい、少しぼうっとしてたわ」

ニニムは取り繕うように頭を横に振った。

「カルドメリアの狙い、だったわね？」

レベティア教の使者がもたらした内容は、ナトラとレベティア教の今後について、ウェインとカルドメリアで話し合いたい、というものだった。

ナトラの摂政であるウェインはもちろん、カルドメリアも老齢の聖王に代わってレベティア教の運営を担っている。事実上のトップ会談だ。雑談で終わるはずもなく、重要な内容になることは間違いなかった。

「順当に考えるなら、ナトラの取り込みだと思うわ」

「帝国の内乱が決着したしなあ」

大陸東部で覇を唱えるアースワルド帝国と、大陸西部の実質的な支配者であるレベティア教。その東西の脅威に挟まれるのがナトラ王国だ。

ウェインが摂政に就いて以来、絶妙なバランス感覚で東西との距離を保ちつつ拡大してきたナトラだが、それは西側諸国への外交努力と、帝国の政治的混乱があってこそ許容されていたものだ。

しかしつい先日、帝国は皇女ロウェルミナが戴冠することで内乱の終結を得た。これで帝国が落ち着けば、再び西側への領土的野心を持つと考えるのはごく自然だろう。これまでのやり方を続けるだけでは情勢の変化に出遅れる——帝国を含めた全ての国家がそう認識した。

そんな中、西側の打った手の一つが、ウェインとカルドメリアの会談なのだ。

「ナトラは大陸東西を結ぶ三つの公路の内、北の公路の上にある。西側にとっても東側にとっても出入り口に陣取る厄介な国だ」

「けれど味方につけられれば、反対側への牽制に便利な手札として使えるわけね」

「そうだ。帝国にとっては西進戦略の足がかりとして、西側諸国にとっては帝国の侵略を防ぐ盾として使い道がある。それにナトラは風見鶏だ。使い潰したって心が痛むことはない」

「動乱の隙を見て拡大した結果、両側から厄介に思われるだなんて……やりすぎたかしらね」

これにウェインは肩をすくめた。

「本来なら一息で吹き飛ぶ小国が、厄介だが取り込む価値はある、と両陣営が思えるほどになったんだ。悪いことじゃないさ」

「面倒なことには変わりないけれど」

「まあそれはそうだ」

苦笑しつつウェインは続けた。

「でだ、俺もニニムの予想通りになると思ってる。カルドメリアはナトラに対して、帝国と決別して西側の一員として立場を明確にしろと迫ってくるだろう」

「これまでのらりくらりと躱してきたけど、さすがにもう厳しいでしょうね」

「だろうな。ここでもなおお味方にならないようなら、西側からしたら切るしかない」

「その場合、西側が動くとしたら帝国が態勢を整える前ね」

ナトラを明確な敵として捉え、帝国が動く前に西側諸国を纏め上げてナトラを征服する。そしてこの地を帝国に対する防衛線の一つとして改めて組み上げる。それが基本的なプランになるだろう。いかに成長したとはいえ、西側諸国が団結すればナトラに勝ち目はない。

「もちろん帝国も同盟国であり緩衝地帯でもあるナトラが滅ぶのを黙って見過ごすことはしないだろうが……有事の際、果たして援護が間に合うかかな」

今の帝国は疲弊している。身軽に動けるようになるまで、どれだけ時間がかかるか、外国からでは判然としない。あてにするのは危険だろう。

「会談を突っぱねれば西側諸国との全面戦争は不可避で、勝ち目はないし、帝国の援護も期待出来ない。……となると西側につくしかないのかしら」

ニニムは釈然としない面持ちで言った。フラム人である彼女にとって、そのフラム人が差別されている西側に与することは、国内のフラム人の扱いへの影響を懸念せざるを得ない。

「ところが、だ。ニニム、覚えてるか？　ストラングが言っていた、ロウェルミナが武威を示さなくちゃいけないって話を」

「覚えてるわ。……ああ、そういうこと」

ニニムは顔をしかめる。

「西側についたナトラは、帝国にとって殴りやすい裏切り者になるわね」

「それがカルドメリアの狙い、という可能性を俺は考えてる」

西側諸国は恐れている。帝国の矛先が自分に向かうことを。

帝国は求めている。疲弊した自分でも殴れる丁度いい相手を。

その両者の思惑が、ナトラを裏切らせて生け贄に仕立てあげるという形で結びつくのだ。

西側諸国にとってナトラは元々帝国の同盟国であり、何もしなければ敵に回るのは必定。それを帝国に殴らせて溜飲を下げさせられるのだから何ら損はない。

帝国にとってナトラは西進政策の足がかりであり、本来ならば既に呑み込んでいるはずの国だ。裏切り者への誅伐という大義さえあれば、打ち倒すことにさして抵抗はないだろう。

「西側につけば帝国に潰されて、帝国につけば西側に潰されるってわけね……」

「案外ナトラを潰すという点で両陣営はもう密約を交わしてるかもしれないな」

「……笑いごとじゃないわよ」

掛け値なしにナトラ存亡の危機である。

もっとも、幸か不幸かそこまで理解が及ぶのは二人が帝国側の事情に精通しているからこそであり、同じ結論に至れる人間は国内にそういないだろう。大半の国民は、ウェインがかねてより協調してきたロウェルミナが皇帝になったことで、更なるナトラの繁栄を予感し喜んでいるところだ。

「もちろん実際両陣営がどう動くかは解らん。さっきのロウェルミナの武威に絡めるなら、ナトラが滅ぶのを見過ごせば致命的になると捉え、無理してでも援護に回るかもしれん。逆に西側もナトラを対帝国の盾として重視し、味方につくとなればそれなりに厚遇する可能性もある」

ウェインは言った。

「それらを踏まえて俺の予想を言うなら――カルドメリアみたいな一部を除いて、両陣営は恐らく揺れている最中だ」

ナトラを味方につけるか。あるいは潰すか。

相手の陣営と手を結ぶか、結ばずにいるか。

損と得の二択ならば人は迷わない。しかしどちらにも得がある時、人は迷う。どちらがより得になるのかと。

「そして、ロウェルミナの即位はあらゆる勢力にとって予想外だった。各勢力はまだ混乱してるか、ようやく対処を考え始めたところだろう。だとすれば、カルドメリアの行動は早すぎる」

「……ほとんど独断専行。西側諸国との連携は取れてないってことね」

誰もが揺れている中で、カルドメリアはどうするかを早々に決め打ちし、行動に移した。そうすることで時代の潮流を自らの望む方へ引き寄せようとしているのだ。

「だからこそカルドメリアは厄介で、だからこそ付け入る隙はある」

にっとウェインは笑った。自信と自負に溢れた傲慢な笑みは、しかしこの窮地にあって揺らぐことはない。

「具体的にどうするつもり？」

「まずカルドメリアとの会談は受ける。向こうはナトラを味方に引き込むために取引材料を用意しているはずだ。その材料でカルドメリアの意図を見抜く」

ナトラを潰すつもりなのか、あるいは味方につけるつもりなのか。向こうが出すカードの価値で見えてくるものはあるはずだ。

無論、西側諸国と連携が取れていないという推測が正しいのならば、そこまで大盤振る舞いは出来ないだろうが、それを踏まえても判断材料にはなる。

「カルドメリアのカードが、レベティア教にとって惜しくもないものなら、こっちを切り捨てることを前提にしている。逆にレベティア教に相応の出血を強いるカードなら、味方につける気持ちはそれなりにあるってことだ」

そう言ってから、ウェインは難しい顔になった。

「まあ、あの女は面白半分で変な取引を持ちかけてくるかもしれないけどな……」

「利害で計算出来ない手合いって厄介よね……」

レベティア教の重鎮でありながら、カルドメリアは破滅的な性格をしている。ナトラに乗り込んで何を言い出すか、ウェインにも読み切れない。

「向こうがナトラを切り捨てるつもりって解ったらどうするの？」

「その場合は西側諸国との戦争は不可避と考えて、話を引き延ばしつつ帝国と水面下で交渉して援護の根回しだな。出来れば西側を切り崩す工作も並行して進めたい」

「それじゃあ逆にこっちを本気で取り込むつもりなら？」

「西側につく」

ニニムは僅かに顔を歪め、そんな彼女に向かってウェインは笑いかけた。

「そして帝国と内通し、タイミングを見て身売りだな」

「……あくまで帝国寄りでいくの？」

ウェインは頷いた。

「大前提として、俺は帝国の強さを今も疑ってない。たとえ西側が団結しても勝つのは帝国だ」

帝国の強さは何も兵だけではない。身分ではなく能力によって成り上がれる気風。征服した国々の人や文化を取り込む柔軟さ。それによって生まれた新しい技術や発想を、既存の構造を破壊することになっても広められる度量。あれほどの大国であってなお、国家としては成長の途上なのだ。凝り固まった西側諸国は、いずれ帝国の強さについていけなくなる、というのがウェインの見解だった。

「これで即位したのがボンクラだったのならまた話は変わったろうが……」

「帝国は順調に成長するでしょうね。なにせロワが皇帝になったんだもの」

「そういうことだ」

ロウェルミナの能力と性格を熟知している二人は、その点において評価を同じくする。

「ただし、最終的に帝国が勝つとしても道筋はいくつもある。ナトラが滅んでいる道もあれば、存続している道もあるだろう。当然俺たちは存続の道を模索しなきゃいけない。そのためなら西側につくポーズもするってことさ」

ウェインの説明に、ニニムは理解と安堵を得た。

自分はウェインの補佐であり、あくまで中立の立場でいるべきというのは解っている。しかしフラム人に関わる問題になると、どうしても冷静でいられない。特に今は部族の間に火種が生まれている。ここで余計な刺激は――

「…………っ」

その瞬間。

ニニムは言葉に出来ない嫌な予感を感じた。

「……ウェイン、何か見落としてることってないかしら？」

「見落とし？」

ウェインは数秒考えてから首を傾げる。

「今の時点だと特に思いつかないが、気になることがあるのか？」

「具体的に何かってわけじゃないんだけれど……」

喉まで出かかった言葉が形に出来ない据わりの悪さに、ニニムは顔をしかめる。

その様子にウェインはもう一度考えを巡らせるが、やはり答えは出てこなかった。

「ごめんなさい、曖昧で」

「構わんさ。それに会談まで時間はある。別の発見があるかもしれないし、改めてもう一度関係する情報を精査しよう」

ウェインの提案に、ニニムは小さく頷いた。

会談の準備はつつがなく進んだ。

日程の調整もすませ、饗応を手配し、後はカルドメリアの到着を待つばかり、という段階だ。

「ふう……」

会談に関連する雑務を一手に引き受けていたニニムは、ようやくといった心地で一息つく。

会談の成否は重要だが、そもそも開催に失敗するようでは文字通り話にならない。

「けれど、結局解らないままね……」

あれから何度か検証したものの、会談の準備に忙殺されていたこともあり、ニニムは自身が何を気にしていたのかついぞ突き止めることは叶わなかった。

あるいは本当に気のせいだったのか。ここまで来たらいっそその方がありがたいぐらいだが

——そんな時、レヴァンがニニムの前に現れた。

「ニニム、例の支援者と会う手はずが整ったぞ」

「……このタイミングでですか」

支援者。フラム人の独立を支持するという謎の人物。

独立を夢見る部族の若い衆からは歓迎されているが、ニニム達からは分断を画策する敵であるという認識だ。いずれ会ってその正体を探る必要があるとは思っていたが、カルドメリア来

訪と合わせるというのは、嫌でも勘ぐってしまう。

「厳密にはカルドメリアとの会談の後に予定しているが……構わんか？」

「会わないわけにはいきませんからね。解りました、時間を作っておきます」

そう言ってからニニムは僅かに声を落とす。

「それよりレヴァン様、集会の方はどうなってます？」

「……己の無能を晒すことになるが、厳しいな」

フラム人の独立の気運を抑え込むために動いているレヴァンだが、結果は芳しくなかった。

ニニムという旗幟の存在は、独立と王国の再建という長年の夢を否応なしに燃え上がらせる。

その熱は伝播し、抑え込むどころか拡大しつつあるとレヴァンは言う。

「やはり私も反対派として行動すべきでは？」

「……そうだな、考えを改める必要があるかもしれん」

レヴァンは苦悩を露わにしながら頷いた。

「支援者が何者か確かめた後、もう一度話し合おう」

「そうしましょう。……この状況、私とレヴァン様の方針が一致していることが救いですね」

「全くだな……」

族長のレヴァンと旗幟にして次期族長のニニム。この両者が対立したら、もはや部族が纏まることは不可能だったろう。その点においては本当に不幸中の幸いだった。

（カルドメリアの狙いを探って、支援者の正体を暴いて、東西に挟まれたナトラが生き延びる道を模索して……）

山積する課題を前に、一抹以上の不安を抱えながら、ニニムは会談当日を迎える。

◆◇◆

福音局局長カルドメリア。

記録によれば五十を超える年齢でありながら、その外見は二十代、三十代のように若々しい。名前を継いだ別人なのか、はたまた魔法の使い手なのか、真偽は定かではない。

女人でありながらレベティア教の重鎮となった彼女は、卓越した政治手腕でも知られている。老齢の聖王に代わってレベティア教の実務的な運営を担い、彼女が局長に就任してからレベティア教の影響力は飛躍的に増したとも言われていた。

そんなカルドメリアがナトラを訪れる。

その噂は王国内にも広まり、そして好意的に受け止められた。

ナトラの血筋は西側の古い国に由来するが、歴史的経緯から長らく東側寄りの立場にあった。それがウェインが摂政になってから——戦争もあったが——外交で西側の各国に赴く機会が増え、一市民からは西側との関係が改善に向かっているように見えていた。

そこに来てカルドメリアの来訪である。ウェインが向かうのではなく、向こうからナトラに訪れたことが、まさしく関係改善の象徴であると捉えられたのだ。

もちろん、市井の印象と内情は必ずしも一致するものではないが。

「お久しぶりですね、王太子殿下」

「ナトラへようこそ、カルドメリア殿」

ナトラ王国代表ウェイン。

レベティア教代表カルドメリア。

ニニムも含めた従者達が見守る中、二人の会談は和やかに始まった。

「古都ルシャンからここまで、長旅でお疲れではありませんか?」

「そうですね、これまでナトラに足を運んだことはなかったので、慣れぬ旅路ではありましたが……恥ずかしながら、噂のナトラがどのような国か楽しみで昂ぶってしまって」

カルドメリアは微笑んだ。

「疲れよりもこの国を目の当たりに出来た喜びで一杯です」

「それはそれは、ナトラの代表として嬉しいお言葉ですね」

ウェインも笑みで応じる。

「カルドメリア殿が望まれるのであれば、存分にナトラを堪能して頂いて結構ですよ。……ただし王国民としては、冬が訪れる前に帰国された方がよろしいかと思いますが」

「影すら凍てつくと言われるナトラの冬ですか。確かに季節としてはまだ秋口ですが、こちらでは既に底のない冷気を感じますね」

「いや全く。四季を縄で捕らえることが出来るのであれば、我が国は春を決して手放さないでしょうな」

「まあ。そのようなことを言っては、冬がへそを曲げてしまいますよ」

「おっと、今のは他言無用に願います。将軍に告げ口されては事ですので」

二人の代表は笑い合った。

ナトラの冬に勝るとも劣らぬ冷たさがそこにはあった。

「ですが、そういうことでしたら──大事な用事は早めに片付けた方が良いですね」

そして、カルドメリアが本題に切り込んだ。

「聡明なる殿下のことです。帝国が新皇帝を迎えたことによる情勢の変化は、既に察知しておられるかと」

「もちろんですとも。手放せない春が来たと民も喜んでいますよ」

「果たしてそれは春でしょうか？」

カルドメリアは妖しく笑う。

傍目に見ているニニムでさえ気圧されるそれを、真正面から受け止めるウェイン。その内心はいかほどか。

「帝国は強大です。強大に過ぎると言ってもいいかもしれません。しかしそんな帝国が警戒するものがあります」

「西側諸国の団結ですか？」

「いいえ——ウェイン・サレマ・アルバレストです」

両者の間にある空気がにわかに緊張感を増した。

それを意に介さずカルドメリアは続ける。

「立場上あまり公言出来ることではありませんが、帝国にとっての西側諸国は、どれだけ人とお金と時間を費やせば勝てるのか、計算が利く相手です。その費用に頭を抱えることはあっても、計算外の事態に陥ることはないでしょう。ですが王太子殿下、貴方は違う」

「……」

「貴方が積み重ねてきた功績の数々。まさしく貴方は時代の寵児。大陸の歴史に名を連ねる英雄です。ゆえに、帝国も西側諸国もこう思っています。貴方ならば帝国にも勝てるのではないか、と」

「買いかぶりだ」

ウェインは一蹴した。

「私は魔法使いではありませんよ、カルドメリア殿。一つの局面で帝国相手に勝利することは出来るかもしれないが、国力の差はいかんともしがたい。ナトラが帝国に対抗するなど不可能ですよ」

「かもしれません。しかし重要なのは、そう思っている人々が少なくないということです」

カルドメリアは食らいつく。

「我々西側の人間は元より、帝国内部にも反帝国の火種は多くあります。そんな彼らにとって貴方は旗幟になりかねません。ならば帝国はこう考えるでしょう。余計な繋がりが出来る前に、王太子殿下を表舞台から排除するべきでは、と」

「仮にも私は同盟国の王子ですよ？」

「ええ。今ならばそうして油断している貴方を背中から刺せる。そして貴方さえ排除すれば、帝国の大陸統一に障害はなくなります」

カルドメリアが並べる言葉を聞きながら、ニニムは内心で戦慄する。ニニムはウェインと同じく帝国寄りの考えをしているが、カルドメリアの話を聞いていると、西側につくべきなのではと思えてしまう。彼女の言葉の一つ一つが、撥ねのけようとしても染み入ってくるのだ。

「どうですか、王太子殿下。冬の牙が今まさに迫りつつあると感じませんか？」

部屋の空気が重く纏わり付く。

いつの間にか、深い泥沼へ導かれていたかのようだ。

「――そうだとしても」

その泥中で、しかしウェインは態度を揺るがすことなく言った。

「やはりナトラ王国は帝国につくしかないでしょう。先ほども言った通り、ナトラの国力で帝国に対抗することなど出来るはずもないのですから」

「ナトラだけならば、そうでしょう」

カルドメリアは言った。

「ですが西側諸国全ての軍勢が貴方の指揮に入るとしたら、話は変わると思いませんか？」

「――――」

初めて、ウェインが会話を途切れさせた。

見守る従者達が固唾（かたず）を呑む。今この場で、大陸の未来を決める話し合いが行われていると、遅ればせながら全員が気づいた。

「……それは、あまりにも現実的ではない」

しばしの沈黙の後、ウェインは頭を振った。

「西側諸国が私のような若造に軍の指揮を預けるなど。格も肩書きも不足しています」

「格については先ほども言った通り、王太子殿下の英雄的功績があれば十二分です」

そして、とカルドメリアは言う。

「肩書きについては――選聖侯への就任で、補えるかと」

選聖侯。

レベティア教は頂点に聖王という存在があり、選聖侯はそれを支える幹部達のことを指す。

聖王は選聖侯の中から選出されるため、選聖侯であるということは聖王候補といえる。そして選聖侯は、レベティア教の権威であると同時に王侯貴族といった俗世の権力者でもあるのが大半で、神の世界と人の世界で権威を振るう彼らは、まさしく大陸西部の支配者達だ。

その選聖侯の候補として、以前からウェインの名は上がっていた。これまでは様々な事情から成立することはなかったのだが――

「本気ですか？　カルドメリア殿」

「冗談で言えることではありませんよ、王太子殿下」

確かにその通りだ、と控えているニニムは思った。

カルドメリアはレベティア教の使者として、公式にナトラを訪れている。当然その発言も公式なものとして記録される。それを思えば、選聖侯への就任は、伊達(だて)や酔狂で口に出来ることではない。

素直に受け止めれば、それだけウェインを買っている、そして帝国の躍進を危険視しているということなのだろうが――

（そのまま鵜呑(うの)みにするのはあまりにも危険ね）

なにせ相手はカルドメリア。大陸の権力者で何をやってくるか解らん番付(ランキング)を作れば最上位に君臨するであろう人物だ。罠(わな)の可能性は十分に考慮すべきだろう。

「……私を選聖侯にするというのは、選聖侯の中で承認を取れているのですか？」

対面しているウェインも同じ懸念を抱いた様子で、慎重に言葉を続けた。

選聖侯に就くための条件は幾つかあるが、今のウェインにとって一番重いのは、聖王を含めた選聖侯の過半数の承認が必要という点だろう。聖王、ひいてはその腹心たるカルドメリアだけが推奨(すいしょう)しているようでは、ウェインが選聖侯になるのは難しい。

そしてウェインの予測では、カルドメリアの迅速(じんそく)なナトラ来訪は根回しを無視した独断専行であり、他の選聖侯からの理解を得られていないというものだったが——

「ええ、全員ではありませんが過半数から承認は得ていますので、問題ないかと。証明する書類もこちらに」

カルドメリアの言葉は、その予測が崩れたことを示していた。

(早すぎる……！)

ニニムは戦慄する。まさか選聖侯からの承認が偽造ということはあるまい。だとすればロウェルミナの皇帝即位を受けて、即座に各選聖侯に打診して承認を取り付けたということか。あるい誰が皇帝になるにせよ東西の対立は必至として、大陸東部の決着がつく前からウェインを選聖侯として取り込む準備をしていた可能性もあるが——どちらにせよ、その判断力と行動力には驚嘆(きょうたん)せざるを得ない。

(ウェイン、どうするの……？)

お膳(ぜん)立ては整っている。ウェインがここで一つ頷けば、新たな選聖侯として大陸に名乗りを上げることになるだろう。しかしそれは対外的に西側に立つということに他ならない。計画では西側につく場合は帝国と内通しつつという予定だったが——

「選聖侯の皆様にそこまで買って頂けるとは、実に光栄ですね」

ウェインは言った。

「ですがこれほどの重大事となれば、家臣達と相談せずして軽々に頷けることではありません。返答にはしばし時間をもらいたい」

それは文字通りの時間稼ぎ。想定以上に踏み込んできたカルドメリアに対して、建前を並べることで一旦間合いを取ろうというのが狙いだ。しかしこれは同時にウェインが追い込まれている証左でもあった。

「もっともな話です」

カルドメリアは頷くも、その目には鋭い光が宿る。

「とはいえ情勢が逼迫しているのは摂政殿下もご存知の通り。選聖侯になられた後こそが本題であることを思えば、あまり悠長にもしていられません。是非とも、私が滞在している間にお答えを聞かせてもらいたいところですね」

ウェインの狙いを見抜いた上で、カルドメリアはしっかりと釘を刺す。無闇に引き延ばそうとすれば、それは西側への背信として受け止めるということだ。

「……解りました。早急に議論を進めて返答しましょう」

「期待させて頂きますよ、摂政殿下」

カルドメリアは微笑んだ。

「じきに冬が訪れるでしょうからね」

◆◇◆

「いやー……参った参った」

カルドメリアとの最初の会談が終わった後、ニニムと二人きりになったところでウェインは呻いた。

「まさか俺の選聖侯就任の準備をすませてるとはな」

「一応確認しておくけど、ブラフの可能性はあると思う？」

「ないな。あの様子だと実際に話は通してあるだろう」

ニニムとしてもこれに同意見だ。しかしそうなると、本当にウェインは選聖侯一歩手前まで来てるということになる。

「ダラダラと引き延ばすのは無理だな。西につくか東につくか、カルドメリアがナトラに居る間に決めなきゃならん」

「ウェインの方針は変わらないのよね？」

「ああ。あくまで帝国寄りだ。今の時点で選聖侯の地位を用意されていたのには驚いたが、西側に俺を引っ張ろうと思えばそれぐらいはするだろうと思ってたしな」

「ついでに西側の戦力をウェインが指揮する、なんて言ってたけど？」

「そんな面倒くさいこと誰がやるか」

ウェインは肩をすくめた。彼ならそう言うだろうと思いつつ、己の主君が大陸を二分する戦いの総大将になる光景を思えば、さしものニニムもときめくものがあった。

が、そんな思いは雑念だと、ニニムは頭の隅に追いやる。心情的にニニムは帝国寄りであり、ウェインが今もなおブレていない方がずっと大事だった。

「ただまあ、この条件だと家臣達も相当揺れるだろうな」

帝国の同盟国という地位と、新たに提示された選聖侯の地位。どちらも捨てがたいと思うのが人情だろう。家臣達には東寄りの人間もいれば西寄りの人間もいる。荒れ模様の会議が今から見えるようだ。

「あるいは、そうやってナトラの宮廷にヒビを入れるのが狙いかしら」

「かもしれん。とはいえ、避けられるものじゃないのが厄介だけどな」

「出来るだけ穏便に進むことを祈るしかないわね……」

ニニムはそう言って嘆息した。

◆◇◆

もちろん、そんな祈りが届くはずもなく、家臣を交えた会議は紛糾した。

「我が国はかねてより帝国と同盟を結んでいた国！　ましてウェイン殿下はロウェルミナ帝との縁も深く、西側につくことは積み重ねてきたこれらを捨てるも同然！　言語道断です！」

と、帝国寄りの家臣が口を開けば、

「不朽の同盟は対等な国力があってこそ成立するものだ！　帝国が大陸統一の野心を抱いていることは周知の事実！　その領土的野心がいずれ我が国にも向かうことを思えば、今のうちに西側との結びつきを強化すべきである！」

と、西側寄りの家臣が反論する。

この言い分だけでも解り合うのは困難だというのに、更に根底には女帝という未知の皇帝への不安や、家臣達と距離が空きつつあるウェインが選聖侯になることへの警戒など、様々な思惑が渦巻いているのだからたまらない。

（本当に期限内に収められるかしら……）

思わず弱気が顔を出し、慌ててニニムは頭を振る。収められるか、ではなく、収めるのだ。

そして収めるにしても、これ以上ウェインが強権を振るい、宮廷政治で孤立するようなことがあってはならない。出来るだけバランスを取りながら望む結論へと誘導する必要がある。

そのためにも尽力しなくては、と決意を改めるニニムだったが、そこにレヴァンが現れた。

「ニニム、二つほど話がある」

「……今度は何です？」

顔をしかめながらニニムは問い返す。褒められたことではないが、最近レヴァンから聞く話がどれも厄介なものばかりなため、ついこういう表情になってしまうのだ。

そして実際に話を聞いて、更にニニムは顔をしかめることになる。

「今回のカルドメリア来訪について、フラム人の間でも話題になっているのは聞いているな？」

これは予想出来ていたことだ。ニニムとてナトラが西側についた場合のフラム人の扱いについて憂慮している。他のフラム人にしても、不安に思うのは当然だろう。

そのためにもレヴァンは皆を落ち着かせるよう動いていたはずだが――

「それに伴い、ウェイン殿下が西側へ恭順するため、我々フラム人を切り捨てるという噂が流れている」

「……！」

ニニムは怒りと、次に焦燥を顔に浮かべた。

レベティア教においてフラム人は罪深い人種であり、奴隷として扱うことが許されている。

しかしナトラ王国では、フラム人は人としての権利が保障されているため、その方針は正反対だ。

それを踏まえて、ナトラが西側へつくというのであれば、なるほど、歩調を合わせるという意思表示のため、フラム人を切り捨てるというのは有り得そうな話だ。

　しかし実際にそのような話はウェインから出ていないし、カルドメリアから持ちかけられたということもない。完全な虚報だ。

「話の出所はどこです？」

「複数だ。昨今のフラム人の躍進を嫌う国内勢力。あるいは独立を促そうとする独立派フラム人。あるいは純粋に未来を懸念して議論を呼びかけている者もいる」

「……火消しが難しそうですね」

　ウェインは表向き西側につくという腹案を持っており、これを公にすればフラム人達が動揺するだろうとは予想していた。しかし時間をかけて根回しをすれば抑え込めるとも思っていた。

　それがどうだ。こちらの想定を遥かに超える迅速さでカルドメリアが来訪し、東西を天秤にかける事態になった。その対処に追われている間に足元からは火が上がりつつある。これで実際にナトラが西側につくと表明すれば、どんな混乱が起きることか。

（見通しが甘かったわ……）

　ニニムはそう痛感する。ただでさえ不安定になりつつあるナトラのフラム人界隈だ。これを鎮めるには相当な労力が必要になるだろう。

（一応すぐさま解決する方法もあるにはある、けれど）

方法は単純だ。ウェインが一言、帝国につくと表明すればいい。それだけで国内のフラム人達はひとまず安心するだろう。もちろん西側につくという方針を翻意させるのは簡単ではないが、自分が強く主張すれば少なくとも一考はしてくれるはずだ。

(でも……)

それによって保証されるのは、フラム人にとっての幸いのみ。ニニムは自分のことをフラム人である前にウェインの補佐官だと捉えている。そしてナトラ全体の国益として見た時、彼に帝国につくよう唆すことが国益に叶っているかどうか、断言出来なかった。

(どうすれば……)

苦悩するニニムだが、更にレヴァンが言葉を被せた。

「悪いがニニム、話はまだ終わっていない」

「……そういえば二つと言っていましたね。もう一つは何です?」

どうせろくな事ではないだろう。そう思いながら問いかけると、レヴァンは答えた。

「例の支援者との会談予定が纏まった。三日後だ」

「……!」

ニニムの顔が険しくなり、数秒の後、彼女は嘆息と共に言った。

「このタイミングは、狙っている、と捉えて構いませんね」

「だろうな。これまでの経緯を踏まえれば、ウェイン殿下が西側につくという噂を広めているのにも一役買っていると見た方がいいだろう」

「……いいでしょう。予定通り私も会談には出席します。ウェイン殿下とカルドメリアの会談に集中したいところですが、仕方ありません」

レヴァンは小さく頷いた。

補佐官としての立場と、ナトラに住むフラム人の次期代表としての立場。優先順位をつけるならば前者だが、後者に関わる問題とて疎（おろそ）かに出来ることではないのだ。

「一体どんな人物が待っているのやら、だな」

「少なくとも、友達になれるような手合いではないでしょうね」

ニニムは吐き捨てるようにそう言った。

そして彼女の予想は正しかった。

◆◇◆

「──それでは話し合いを始めましょうか、お二方」

三日後の会談の日。

驚愕（きょうがく）するニニムとレヴァンの前で、カルドメリアはそう微笑んだ。

その会談は、城下町の一角にある建物で秘密裏に開かれた。

これは会談を表沙汰(おもてざた)にしたくないニニム達の思惑があってのことだ。

理由の一つは、周囲に知られれば情勢を不用意に刺激しかねないため。

そしてもう一つは、いざとなれば支援者を物理的に排除するためである。

(向こうが敵であることは疑いようがないわ)

その認識と条件の下、ニニムは下調べを入念に行った。元々勝手知ったる城下町だ。条件に合う場所の選定はすぐに完了し、排除後の始末についても準備が出来た。

これで蛇(じゃ)が出ようと鬼が出ようと抜かりはない。そう思いながらニニムは会談に臨み、

「な、なぜ貴女(あなた)が……!?」

カルドメリアという、蛇も鬼も凌駕(りょうが)する人物の登場に、絶句してしまった。

(レヴァン様……!)

ニニムは、自分と共に会議に臨んだレヴァンを慌てて見やる。しかし彼もまた驚きのあまり凍り付いていた。カルドメリア。フラム人差別の総本山であるレベティア教の重鎮。それがなぜここにいるのか、二人には理解出来ていなかった。

「なぜ、などと問うまでもないでしょう」

一方で、カルドメリアは悪戯(いたずら)に成功した童女のように笑ってみせる。

「私がフラム人の支援者だからですよ、可愛いお嬢さん」

「……！」

そう、そうだ。それ以外に理由などない。ここはフラム人の代表たる二人が、独立を促そうとする謎の支援者と会うために用意された場所。間違っても無関係な人間が偶然迷い込めるようなものではない。

だが、そこまで理解してなお、心が理解を拒む。ニニム達とカルドメリアは、その人種と役職の関係から、不倶戴天の敵同士のはずなのだ。

「驚かせることには成功しましたが、これでは話が進みませんね。お二人とも、まずは落ち着いてお茶でもいかがですか？」

カルドメリアの従者が人数分の茶を用意し、テーブルの上に置く。ニニムはとても手を出す気になれなかったが、代わりに動いたのがレヴァンだ。

「……失礼した、カルドメリア殿。まさか貴女とこのような場所で出会うとは思わなかったのでな」

そう言って茶器を手に取り、レヴァンは茶を口に含んだ。思わずニニムは動揺するが、レヴァンはそれを視線で制した。

（落ち着けニニム、向こうがここで仕掛けるのは有り得ん）

相手の意図はどうあれ、話し合うつもりなのは間違いない。ならばここで毒などは用いないはずだ。——仮に用いたとしても、ニニムが生き残れば最悪は免れる。

「改めて自己紹介させてもらおう。私はナトラに住むフラム人のまとめ役をしている、レヴァンという。こちらはニニムだ。いずれ私の後を継ぐゆえ、この場に呼んだ」

「カルドメリアです。お二人の噂はかねがね聞いておりますよ。ナトラ王と王太子を支えるとても優秀な方達だとか」

「噂に聞く貴女から優秀と言われるのは面はゆいな、福音局局長殿」

「……」

会話を始めたレヴァンとカルドメリアを横目に、ニニムは自分を落ち着かせることに努める。相手は大陸屈指の食わせ者だ。心が乱れていては容易に取り込まれる。レヴァンが相手をしてくれている間に、冷静さを取り戻さねばならない。

「してカルドメリア殿、失礼を承知でもう一度聞くが……貴女が我々の支援者というのは間違いないのか？」

「ええ、もちろんですよレヴァン族長」

「それは個人として？」

「いいえ」

カルドメリアは言った。

「まだ公式には出せませんが、福音局局長として捉えてくださって結構です」

予想外から始まったこの会談だが、さらに予想外がここで重なる。

あくまでカルドメリアが個人的に支援を申し出るというのなら、まだ理解の範疇だった。

しかしレベティア教の名まで出すとは、どういうことか。

「……何のためにか、尋ねても？」

「我がレベティア教は愛と平和を謳い、公正と正義を掲げています。その中で、教典に記述されているとはいえ、あなた方フラム人を公然と奴隷として扱うことが許されるのか、内部では常に議論されてきました。そして昨今になって、フラム人の独立を支援しその地位を回復させるべきという話になったのです」

と、そこまで口にして、カルドメリアは妖しく微笑む。

「もちろん、建前ですけれど」

「……では真意はどこに？」

「帝国ですよ」

ニニムの眉が小さく反応した。

「ご存知の通り、帝国は新たな皇帝が即位しました。今でこそ内乱の傷を癒していますが、いずれは西への侵略を始めるでしょう。それに抗うために必要なのは、西側諸国の団結です」

「……なるほど」

口を開いたのはニニムだ。

「つまりこういうことですね。我々フラム人のような、帝国になびきそうな不穏分子の脅威が現実味を帯びてきた。しかし奴隷のフラム人達は労働力であり資産でもある。無闇に我々を排除しては反発が起きかねないし、そもそも帝国との戦いの前に国力が落ちる。そこで私達を懐柔し、都合のいい駒として扱うと」

「ご明察です」

悪びれることなくカルドメリアは首肯した。

「想定しているあなた方の使い道は、一つにウェイン王子の説得です。国内で発言力を増しているあなた方が西側につくよう言えば、彼もなびきやすいでしょう。そして万が一説得が叶わず彼が東側についたとなれば、速やかに討伐しなくてはなりません。その際の尖兵にして、後にこの地を統治する者としても、あなた方には期待しています」

もはや取り繕うこともせず、カルドメリアは公然とナトラへの裏切りを唆す。

ウェインを引き込む駒として、そしていざとなればウェインとぶつけ、かつ東側への盾としても使う駒としてフラム人を見ていると、彼女は言う。

「帝国は西側に生きる全ての人間にとっての脅威です」

カルドメリアは微笑んだ。

「過去のわだかまりを捨てて、手を取り合い、共に立ち向かいましょう」

「――馬鹿げたことを！」

ニニムは払いのけるように声を上げた。

「ニニムっ」

叱責の声がレヴァンから飛ぶ。が、ニニムは言葉を止めなかった。

「フラム人がどれだけ西側諸国で虐げられてきたか、知らないわけではないでしょう。そのフラム人が今更西側のために戦うだなんて、有り得るはずがない！」

「それを可能とするのが、始祖の直系ですよ」

骨の隙間にナイフを滑り込ませるかのように、その言葉は放たれた。

「居るのでしょう？　この国に、フラム人の始祖の直系が」

「……っ！」

ニニムは凍り付いた。

「な、にを言っているのか」

言い逃れようとするも、言葉が出てこない。カルドメリアの視線はそんなニニムに注がれている。気づかれた。いや、そもそもニニムが始祖の直系だという話を流したのが支援者と推測されていたのだ。ならばカルドメリアが知らないわけがない。

「始祖の直系。この旗幟があればフラム人は間違いなく従います。たとえ憎き西側が相手であっても、手を組めと言われれば組むでしょう。……始祖の直系が今も残っていたのはまさに奇跡です。そしてその役目は、血塗られた過去を皆に乗りこえさせるためにあると私は確信していますよ」

　ニニムは今すぐ席を蹴り、目の前の女の顔面に拳を叩き込みたいと思った。

　しかし出来ない。出来るはずがない。硬く拳を握りしめ、喉元までせり上がる怒りを抑えつけながら、彼女は次の言葉を紡いだ。

「……仮に。仮に直系がいたとして、なぜ西側につく必要が？　皆を纏め上げ、帝国につくという選択肢もあるはずです」

「ふふ、帝国にお友達の多い貴女らしい意見ですね」

　挑発的ともいえるカルドメリアの言葉は、むしろ幾ばくかの冷静さをニニムにもたらした。やはり自分のことは調べ上げられている。

「ですがその先にフラム人の未来はありませんよ」

「な、何を以て未来がないと」

「東レベティア教の存在です」

　カルドメリアは言った。

「東レベティア教はご存知の通り、レベティア教から分派した集団です。我々レベティア教を神の教えをねじ曲げる背教者とみなし、自分たちこそ真に神の信徒であると主張しています。もちろん私も立場がありますから、彼らの見解こそ歪んでいると言わせてもらいますけどね」

　冗談めかしたカルドメリアに、ニニムとレヴァンはくすりともしなかった。そんな反応をむしろ楽しむように、カルドメリアは続けた。

「ともあれその分派の経緯から、彼らは教典を絶対的なものとして捉えています。つまり彼らにとってフラム人は永久に奴隷として扱われるべき人種なのです。そしてあなた方にとって厄介なことに、大陸東部を征する帝国と東レベティア教は、とても近しい距離にあります」

「……帝国は人種に拘わらず能力で重用する方針をとっているわ」

「今はそうですね。しかし帝国が大陸統一を成し遂げれば、我々レベティア教を排斥し、東レベティア教を正当な宗教として扱うことは間違いありません。そうなれば東レベティア教の力は飛躍的に増大し、彼らは自らの教義を大陸中に広めるでしょう。その時あなた方フラム人を帝国が守ってくれると本当に思えますか？」

「っ……」

ニニムは咄嗟に言い返すことが出来なかった。

脳裏に浮かぶのは友人にして女帝ロウェルミナ。彼女が自分も含めたフラム人を望んで弾圧するとは思えない。けれど同時に、国家が生み出す巨大なうねりは、時として国家の代表であっても逆らえないことをニニムは知っている。フラム人が帝国から排斥される未来がないとは断言出来なかった。

そしてカルドメリアは、伏せていた最後のカードを切った。

「我々は教典を改訂し、フラム人の扱いを改善する用意があります」

「なっ——」

ニニムとレヴァンは驚愕に目を見開いた。

西側諸国におけるフラム人差別は、レベティア教の教典に由来する。

教典にそう刻まれる原因こそかつてフラム人が引き起こした出来事にあるが、現在を生きる民草はそのような歴史を知ることはない。ただ教典に書いてあるからという理由でフラム人を弾圧している。教典に書かれているから差別が許され、教典に書かれているから奴隷として扱うことが正当化されると、彼らは心から信じているのだ。

しかしこれは逆に言えば、教典にある記述が改訂されれば、その正しさは失われるということである。もちろん西側諸国の民にとってレベティア教の教えは幼い頃より染みついた習慣であり、たとえ改訂されたとしてもおいそれと意識を変えられるわけではないが——次の世代、次の次の世代と時が経つにつれ、効果は発揮されるはずだ。

「……カルドメリア殿、その話に偽りはないのか？」

レヴァンの声からは、期待と焦りが滲み出ていた。

「もちろんです。聖王と選聖侯の連名による誓書も用意してありますよ」

カルドメリアは淀みなく答える。

「言うまでもなく、これは東レベティア教には決して出来ないことです」

それはなんという皮肉だろうか。俗世に塗れ、神聖なる教典を都合良くねじ曲げてきたレベティア教だからこそ、フラム人の立場を回復させられるとは。

「さあ、如何しますか？」

伸るか反るか。手を取るか払いのけるか。選択肢は二つ。

断るべきだ、とニニムは思う。しかしこの場でそれを口に出せるのはレヴァンだけだ。

そしてレヴァンは長い沈黙の後、苦渋に満ちた顔で答えた。

「……返答まで、今しばらく時間をもらいたい」

◆◇◆

「なぜ断らなかったのですか……！」

カルドメリアとの会談が終わり、王宮に帰還したレヴァンとニニム。

しかしそこで解散とはならず、ニニムはレヴァンに食ってかかった。

「カルドメリアはナトラの分断を狙っています！　我々にウェインを説得させ、それが失敗したなら討伐に参加しろなど、明らかに裏切りを唆すものです！」

「……そうだろうな」

激昂するニニムを前に、レヴァンは重苦しく頷いた。

「交渉の場でありながら、我らを駒にすると言って憚らぬあの態度だ。いいように遣い潰すつもりなのは間違いあるまい。まして長らく奴隷として扱われていたフラム人だ。捨て駒にされようとも誰も同情すらすまい」

「それが解っていながら！」

「教典の改訂だ、ニニム」

遮るようにレヴァンは言った。

「お前も解っているだろう。あれがどれほどの重大事か」

「空手形にすぎません！　信用出来るものではないでしょう！」

「曲がりなりにも選聖侯の名前を出している。いかに福音局局長といえど、おいそれと偽れるものではない」

「……仮に！　仮に改訂の件が本当だとしても、西側諸国の狙いは帝国のみならず、最終的にはウェインの排除も含まれているでしょう。そしてそのために間違いなく我々は利用され、ナトラ王国での地位を失うかもしれません！　本当にこれの天秤が釣り合っていると⁉」

「……」

レヴァンは沈黙を挟んだ。

ニニムの熱弁に気圧された——のではない。

その顔は、自分の内にある感情を表す、相応しい言葉を探しているかのように。

「……罪悪感だ」

「は？」

突拍子もない言葉に、ニニムは虚を突かれた。

「ニニム、私はな、ずっと罪悪感を抱いていたのだ」

「……何に対してです？」

「我々がこのナトラの地で安住していることに、だ」

ニニムは心にさざ波が走るのを感じた。

「……ナトラにおけるフラム人の地位は、この国に辿り着いたフラム人達が百年かけて積み重ねてきた正当なものです。恥じることなど何もありませんし、ましてどこに罪を感じるというのですか」

並べ立てる言葉は、しかし力が込められていない。

ニニムにも既に解っていた。レヴァンが言わんとしていることが。

彼が口にした罪悪感というのは──

「国外のフラム人。今もなお虐げられている彼らを思うと、安寧の中にいるのが罪深く思える」

言うまでもなくフラム人はナトラにだけ住んでいるのではない。

その奇異な外見は否応にも人目を惹き、西側のみならず大陸全土に散らばっている。全体を見れば、むしろナトラにて安住を得ているのは少数といえるだろう。

ニニムの言う通り、ナトラでの地位はここに住むフラム人達が築き上げたものだ。本来ならば恥じ入る必要などない。しかし国境を一本越えた先で、フラム人というだけで鞭打たれている同胞を見れば、心がかき乱されるのも自然といえる。

「ですが、私達には何の手立てもなかったことです！」

「そうだ。そして今、その手段が目の前にある」

レヴァンの眼差しに強い光が宿るのをニニムは見て取った。

「この国にいるフラム人のみを考えるのならば、ナトラと共に歩むべきだ。そこに私も異論はない。しかし教典の改訂となれば話は違う。あれは全てのフラム人にとって救いになる。……ニニム、お前にも解るはずだ。ウルベス連合で同胞を救ったお前ならば」

ニニムの顔が痛ましげに歪んだ。

以前ニニムはウェインの外交に同行し、西側の最果てにあるウルベス連合という国に赴いた。西側諸国の一つであるそこでは、当然フラム人達は良い扱いをされてはおらず、ニニムは幾つかの偶然と自らの意思によって彼らを買い取り、ナトラ国民として招き入れた過去があった。ナトラの民となった彼らは、今は穏やかに暮らしている。そのことはニニムにとって喜ばしいことだ。

しかし同時にこうも思う。彼らとて長く過ごした国を好き好んで離れたかったわけではない。もう少しあの国が彼らに優しければ、きっと残ることを選んだはずだと。

その優しさを生み出す可能性が、教典の改訂にはあるのだ。

「……それでも、私は反対です」

絞り出すようにニニムは言った。

「私やレヴァン様がリスクを背負うだけならば、賛成しましょう。ですが事はナトラに住むフラム人全員に降りかかることです。諸外国で虐げられているフラム人を救うために、今穏やかな暮らしを得ている皆を巻き込むことはどうしても納得出来ません」

「……」

「それにナトラを裏切ることには、もう一つ根本的な問題があります」

「問題とは？」

「ウ、ウェ、イ、いンが敵に回るというこ、と、で、す」

これに今度はレヴァンの顔が歪んだ。

今や大陸随一の英雄となったウェイン。その能力に疑いの余地はない。

そして裏切りを知ったウェインがどうするか、ニニムには解る。彼はさぞぼやくし、喚くだろうが、しばらく取り乱した後、粛々と対策に移るだろう。

裏切られたことへの怒りや哀しみはなく、恨みもない。今まで隣の席に座っていた者が対面に座っただけと割り切ってしまう。そしてその代わりに容赦もない。百年間国に尽くしたフラム人であろうと、彼は躊躇うことなく叩き潰すはずだ。

「私はもちろん、私以外の誰であっても、ウェインに及ぶとは思いません。まして西側から使い捨ての駒として扱われるような有様で、どうしてあの英雄を倒せますか。彼を敵に回したところで、大恩あるナトラ王家を裏切った卑しい一族と蔑まれ、フラム人全体に汚名を刻んだ挙げ句すり潰されるに決まっています」

「……」

「どうかご再考を。我々はこの百年間を正しく積み上げてきました。ならば、これからもそうあれるはずです」

ニニムの切実な訴えは、果たしてレヴァンの心に届いたのか。

彼は長い長い沈黙の後、彼は言った。

「……少し考える。今日は下がれ」

この時、ニニムは揺れた。今ここで追及すべきという思いがある。それと同時に、自分も相当頭に血が上っている自覚がある。

なお話を続けるか、一度冷静になる間を置くか。僅かな逡巡を挟み、ニニムは言った。

「……解りました。それではこの件は改めて話し合いましょう」

ニニムが選んだのは後者だった。

今の話し合いは避けて通れないが、これ以上続ければ感情論になりかねない。そうして感情で拗れたらそれこそ厄介だ。

(私もレヴァン様も、落ち着けば冷静に話を進められる)

とにかく今日は色々なことがあった、ありすぎた。

情報を整理するためにも、お互い一人になるべきだろう。

「それでは失礼します、レヴァン様。私は部屋に戻りますので、何かあれば」

「ああ、解っている」

苦悩をありありと浮かべるレヴァンを置いて、ニニムは自室へと戻った。

そして彼女は、この判断を後悔することになる。

第六章 大事なもの

森の邸宅での暮らしが継続することになってから、しばらく経った。

その間、特別何かあったわけではない。ウェインは相変わらず読書しながら静かに暮らし、ニニムは彼のお世話をして日々を過ごしていた。

もちろん、ニニムには今後の展望を考えるという課題がある。今の環境に身を置けるのはウェインの温情だ。永遠に続くものではなく、そうのんびりとはしていられない。

そんなわけでニニムは仕事の傍ら、悩んだり考えたり、時には許しを得て邸宅の蔵書に触れてみたりもしたのだが——これといった方針は打ち出せずにいた。

とはいえ、得るものが何一つなかったわけではない。

それはウェインに対する知見だった。

(殿下は、あまり物事に拘らないのね)

これまでのニニムは、ウェインについて何を考えているのか解らない人、と評していた。我ながら若干失礼だなとは自覚しているが、実際よく解らなかったので仕方ない。

その評価が、ここに来て変化している。今もなお全て解ったとは言い難いが、その性質を多少し掴むことが出来た。それが、ウェインは物事に拘らないというものだ。

（服とか食事とか、全然気にしないのよね）

ウェインは紛れもない王侯貴族だ。この国で最も贅沢が許される身分と言って過言ではない。だというのに当の本人は何も言うことなく、新米であるニニムが用意するものをそのまま受け入れている。

試しにこっそりと料理の量を減らしてみたり、逆に倍にしてみたりもしたが、ウェインはどちらも文句を言わず食べていた。五倍くらいにしても全部食べきるのだろうかという悪戯心はさすがに自重したが、ともあれ、彼がそういう気質であるということはよく解った。

（けれど清貧を心がけてるって感じじゃなくて）

ウェインの振る舞いから感じるのは、高い徳からなる自制心ではなく、興味、関心、執着といった欲求の希薄さだ。

もちろん全てが全てそうではなく、たとえばいつも読んでいる本などは好んでいるのだろうが――それを踏まえても、どこか浮世離れしている。さながら人の形をした幻想と言うべきか。

（変わった人……って言っていいのかしら）

よく解らない人から変わった人へ。

人物評が前進したのか後退したのか微妙なところだが、この暮らしが続くようなら、また変わることもあるだろう。

（自分が何をしたいのか、考えなきゃいけないのは解ってるけど）

恩人で、変わった人で、王子様。

叶うのならば、そんなウェインの傍にもう少し居たいとニニムは思った。


邸宅に火が放たれたのは、その数日後のことだった。

◆◇◆

「――ニニムが休み？」

「はい。非常時ではありますが、心身に疲労があるゆえ本日は休養したいと」

宮廷の執務室にて、ウェインはレヴァンからそう告げられた。

「そうか……まあニニムにはいつも無理を言ってるから仕方ないな」

渋い顔をしながらもウェインは頷く。以前自分も無理がたたって倒れたことがある。あれと同じ事が起きるのは避けたいところだ。

「お気遣い感謝いたします、ウェイン殿下」

恭しく一礼した後、レヴァンは言った。

「ニニムに代わり、本日は私が殿下のお側にて補佐を務めさせて頂きますゆえ、ご安心を」

「頼りにしてるぞ、レヴァン。何せこれからカルドメリアとの会談の大詰めだ」

カルドメリアがナトラを来訪してからしばらく。

会談は数回にわたって開かれ、ついに最終段階へと迫りつつあった。

「……恐れながら殿下。カルドメリア殿の申し出はどうされるおつもりで？」

帝国につくか西側諸国につくか。この議題については、家臣団も積極的に議論を交わしていた。もちろん事はナトラの未来を決める議題であり、参加は当然ではあるのだが、ウェインと家臣団の間に距離が空きつつある昨今、議論の主導権を握ってウェインの権勢を削ろうという思惑もそこには含まれていた。

ウェイン自身、それを咎めることなくむしろ推奨していたのだが――しかしながら、家臣団達の議論は纏まらなかった。最終的な決定権はウェインにあるのもそうだが、それ以上にナトラの未来を左右する選択する重荷に、家臣団が及び腰だったため、結論を出せなかったのだ。

何とも情けない話ではあるが、ともあれ、このカルドメリアとの会談の大詰めにおいて、いかなる判断を下すかはウェインの手に委ねられたのである。

「そうだな、俺の方針は当初から変わらん。表向きは申し出を受ける」

「……では潜在的には帝国につくと」

「そうだ。ニニムにも言ったが、この東西の対決は最終的に帝国が勝つと俺は見てる。よってナトラがすべきは、帝国と繋がりを保ちつつ、その時まで上手く立ち回ることだ」

帝国も西側諸国も一筋縄ではいかない。

それを知った上で、手の平で転がしてみせるとウェインは言う。余人が口にすれば机上の空論と失笑されるところだが、彼ならば出来るかもしれないと思わせる凄みがあった。

そう、ウェインならば本当に出来てしまうかもしれない。

「……」

「どうした？　レヴァン」

「いえ、なんでもございません。……もうじき時間ですので、会議室へ参りましょう」

レヴァンの言葉に、ウェインは頷いて立ち上がった。

◆◇◆

（もうじき会談が始まる頃かしら……）

ニニムは私室の椅子に腰掛けながら、そわそわと落ち着かない様子で視線を動かしていた。

彼女が思いを馳せるのはウェインの姿。普段ならばその隣に立っているのは自分だが、今日ばかりはレヴァンが務めている。体調不良で休んでいる自分の代わりにだ。

体調不良といっても、実のところそこまで深刻ではない。ここしばらく周囲の情勢に振り回

されていたこともあり、疲労が体の芯に残っているが、普通に活動出来る範疇だ。本来ならばこの程度でウェインの傍を離れたりはしない。

ではなぜそうしたのかといえば、レヴァンから頼まれたからである。

フラム人の族長として、ウェインと二人きりで話したいと持ちかけられた。カルドメリアとの会談の場にも参加したいと。それならばとニニムは休息という名目でウェインの傍を離れ、レヴァンに代役を任せたのである。

そうして任せたからには、ニニムが出来るのは名目通りに休むことだけなのだが——

(二人の話し合いが上手く纏まればいいけれど……)

ずっとそのことが心配で、一向に気が休まらないのが現状だ。

他に何か適当な作業でもと思ったが、そちらも全く手に付かない。

これならウェインの傍で働いている時の方が、ずっと心が安まっている。

(我ながら重症だわ……)

しかし、これで何かあった時に疲れて動けませんでした、では笑い話にもならない。

ニニムは意を決すると、寝台に飛び込んだ。とにかく横になって眠ってしまおう作戦だ。このまま焦燥感に焼かれ続けるくらいなら、無理矢理にでも眠った方がずっと建設的だろう。

そうして瞼を深く閉じ、湯水のように湧いてくる不安や悩みを押しのけて、出来るだけ何も考えずに時を過ごし——いつしかニニムは眠りに落ちた。

◆◇◆

「……うん、良い感じ」

邸宅の厨房に立つニニムは、調理を終えた料理の味に満足げに頷いた。

それから彼女は廊下に出ると、奥にある部屋へ向かう。そこは書斎だった。

「殿下、お昼ご飯の用意が出来ましたよ」

扉を開いてそう呼びかけると、書斎の隅で僅かに身じろぎする影があった。ウェインだ。

「少し待て。もうじき読み終わる」

本を片手にウェインはそう応じる。

主君から待てと言われれば、大人しく待つのが従者の役目。とはいえまだ幼く新米従者なニニムには、待つことは出来ても大人しくすることは難しかった。

「今日は何の本を読んでるんですか？」

不躾ともいえる質問だったが、ウェインは気にせず答えた。

「帝国について記したものだ」

「帝国ですか。大陸の東側にある大きな国ですよね？」

「そうだ。興味があるなら後で読むといい。この本は帝国の歴史だけでなく文化にも触れている。いつか帝国に行く日があれば役にも立つだろう」

「私が帝国に、ですか」

むむむ、とニニムは小さく唸った。帝国どころかここ母国ナトラでさえ大半が行ったことのない土地、地域だ。まして外国ともなれば文字通り異郷であり、そこを歩く自分などまるで想像がないし、不安も感じる。

「殿下は帝国に行ったことがあるんですか？」

「ないな。いつか行く可能性はあるが」

「じゃあその時は一緒かもしれませんね」

ニニムのいつかとウェインのいつか。縁があればそれが重なることもあるだろうし、自分以外にもいるなら心強いと、ニニムは小さく微笑んだ。

そんな少女の心の機微に、まるで興味がないと言わんばかりにウェインは本のページをめくり続けるが、もはや慣れっこなニニムは特に気にしない。

代わりに、ふと言葉が零れた。

「それにしても殿下は本がお好きなんですね」

それはウェインを見つめるニニムの素直な感想だ。

ニニムとて本が嫌いではないが、ウェインのように四六時中睨めっこしていては参ってしまうだろう。本の虫などという揶揄もあるが、まさにウェインがそれだと感じる。

が、そこで予想外の返答がきた。

「別に好きではないな」

「え、そうなんですか？」

ニニムは眼を瞬かせた。彼女が知る限り、ウェインはこの邸宅での時間をほとんど読書に費やしている。だというのに好きではないとは。

「読書家で勤勉な王子」

ウェインは言った。

「その幻想を多くの人が求めているから、あえてそうしているだけだ」

「じゃあ殿下のお好きなものって何ですか？」

「ない」

「ないって、そんな」

冗談でしょう、と笑い飛ばそうとして、彼がそんな冗談を言わないことを思い出す。

つまり彼は本当に、何一つとして好きなものがないというのか。

そう考えると、ニニムはもやもやした気持ちになり、目の前の少年に何か言葉をかけたい衝動に駆られるが——

「……待て」

その時、不意にウェインが視線を動かした。

そしてそっと立ち上がると、書斎の窓際に近づき、覗き見るように外を窺う。

「……天秤は向こうに傾いたか」

「殿下？」

呟かれた言葉の意味が解らず、ニニムは小首を傾げる。

「見て見ろ。ただし顔を出さないようにな」

ウェインに促され、ニニムは窓枠の隅に身を寄せた。

「人……？」

外に居たのは見慣れぬ人間だった。それも一人ではない。見える範囲だけでも三人の人間が、木の陰に隠れるようにして立っている。

「恐らくあいつらだけではないだろう。囲まれてるな」

「か、囲まれてるって、何のために」

「俺を殺すためだ」

「い、い、い、」

瞬間、外から放たれた弓矢が窓を突き破った。

「ひゃっ」

思わず仰け反り、倒れそうになるニニムの腕を、ウェインが掴んで支える。

「気をつけろ。狙いは俺だが、巻き添えを気にする手合いではないだろう」

「そ、いや、あの、あっ」

事態についていけず、混乱の極みに達するニニムだが、そんな彼女の目が、今し方放たれた弓矢が纏う火を捉えた。火矢だ。

「火、殿下、火を消さないと」

「必要ない。既にこの邸宅全体に放たれてる。それよりこっちだ」

半ば引きずられるようにニニムはウェインと共に書斎を出た。

廊下には既に物が燃える異臭が立ち込めつつあった。ウェインの言葉通り、もう火が回り始めているのだ。

「突入はしてこないか……万が一でも逃げられないよう、包囲を優先してるな」

「あ、あの、殿下」

「ラークルムが丁度出かけているのは、むしろややこしいことにならずにすんだな」

「殿下！」

震える声を叩きつけるようにして発すると、それでようやくウェインは振り向いた。

「どうかしたか？」

「どうもこうも、一体何が起きてるんですか……！」

火がかけられている状況を思えば、問答しているどころではないのだろう。しかしニニムは何よりもこの疑問の答えを欲していた。

そしてウェインは数秒ほどその場で考え込んでから、

「細かい事情は省くが、俺が死ぬと都合のいい勢力が国内にある。そして俺がここにいると知った連中が行動に出た。その結果が今だ」

「だ、だったら、どうしてそんなに落ち着いていられるんですか……！」

「最初から想定していたからだ」

言いながらウェインが向かったのは、邸宅内にある物置部屋だった。

そしてニニムが見ている前でウェインは棚を引き倒し、力ずくでどかす。すると棚があった場所の床には、扉のようなものがあった。

「この扉の下には森の外へ繋がる通路がある。これを使えば脱出は容易だ」

焦燥と混乱で満ちたニニムの胸中に、一抹の安堵が広がった。

未だに状況についていけないが、ともかく逃げられるのなら安心だ。

「それなら殿下、早く逃げましょう！」

ニニムはウェインの手を引っ張った。

が、そこでウェインは足を止めた。

「行くのはニニム、お前だけだ」

「え？」

ニニムの顔に戸惑いが広がった。

火が迫ってる。脱出路はある。しかし自分は行かない。

なぜその結論に行き着くのかまるで理解出来ず、ニニムは疑問をそのまま口にした。

「な、何を言ってるんですか。じゃあ殿下はどうするんです？」

そしてそれに、ウェインは答えた。

「俺は、ここで死ぬ」

◆◇◆

「死ぬ……って」

以前から彼には理解出来ない部分はあった。

変わっている人だとも思っていた。

しかしこれは、今度ばかりは、唖然とする他にない。

「どうしてそんなことになるんですか……!?」

悲痛な叫びが狭い物置部屋に響く。

しかしこの場に他の誰がいようとも、その言葉を張り上げずにはいられなかっただろう。

だというのに、相対する王子の様子はいつもとまるで変わらない。

「それを求める人間が、ここまで辿り着いたからだ」

「求める人間って……」

誰が、とは考えるまでもない。邸宅の外を包囲する者達だ。けれど、

「意味が解りません！　殿下を殺そうとしている奴らが来たからって、どうして素直に殿下が殺されなきゃいけないんですか⁉」

「それが奴らの願いであり、それを叶える権能を俺が所有しているからだ」

「……！」

この時、にわかにニニムは衝撃を受けた。

ウェインの語った、破綻してるとしか思えない理屈に、ニニムは心当たりがあったのだ。

けれどすぐさま彼女はその心当たりを振り払う。そんなわけがない。何かの間違いだ。だって、そうじゃないと——

「そ、それなら！」

振り払うようにニニムは叫んだ。

「殿下が生きることを望んでいる人達もいるはずです！」

「そうだ。そしてどちらの願いも俺にとって価値は等しい。ならば尊ばれるべきは、より熱量が高い方だ」

必死に絞り出した反論に、ウェインは淡々と応えた。

「だからここで過ごしていた。——俺の死を望む熱の方が上回った時、出来るだけ余計な巻き添えが出ないように」

納得というパズルが、ニニムの中で組み上がる。

以前から疑問に思っていたことがある。なぜ一国の王子がこんな辺鄙な場所で過ごしているのかと。そしてなぜ連れているのが護衛一人だけなのかと。

けれどまさか、こんな馬鹿げた答えがあるだろうか。

当の本人が、死にやすくするためにそうしていたなどと。

「……バカじゃないの」

震える声に、怒りが混じった。

「バッカじゃないの！」

怒りの中には、悲哀があった。

「自分の命を、なんだと思ってるのよ！」

問うまでもなかった。けれど問わずにいられなかった。

そして解りきった答えを彼は口にした。

「なんとも」

その瞬間、ニニムはウェインという人間を理解した。

彼はおとぎ話にある魔法のランプだ。

魔法のランプは人の願いを叶える。けれど願いを斟酌することはない。

なぜならランプは道具だから。願いを叶える以外の権能を持っていないから。

普通の人はそんなものにはなれない。けれど彼はなれる。彼にはそれだけの立場と能力があり、それでいて大事なものを何一つ持っていないから。

黄金を求められれば与えよう。大陸を焼け野原にしろというならそうしよう。勤勉な王子でいてくれと願うならそうあろう。命を寄越せと迫るなら差し出そう。

何一つ大事でない彼にとって、どんな願いであろうとも、同じ塵芥を願われてるのと変わらないのだから。

「……バッカじゃないの」

自分を助けてくれたウェインを、優しい人だと思っていた。けれど彼にとって、助けを求める自分も、命を狙う暗殺者も、同じものでしかないのが悲しかった。

次に怒りがあった。彼と過ごした決して長くはない日々。けれど自分にとってはかけがえのない時間。それが彼にとっては無価値でしかないと一蹴されたことへの憤りだった。

そして何より、ウェインの立っている、あまりにも荒涼とした世界に愕然とした。恩人である彼がそんな場所に独りでいることに、胸が張り裂けそうだった。

「考え事は後にした方がいい」

ウェインは、ニニムの想いを突き放すように言った。

「ここで巻き込まれたら、自分の道を探すことも出来なくなる」

彼の言う通りだ。

自分はただの小娘で、火を消すことも、囲んでいる暗殺者を倒すことも出来ない。逃げる気がないというウェインを、無理矢理引きずっていく力すらない。この隠し通路を使って一人逃げたところで、誰も責めはしないだろう。

けれど。

けれどニニムは、ウェインの手を掴んでいた。

「……何のつもりだ？」

「死ぬなんて言わないで」

その声は、自分でも驚くほど強く響いた。

「俺の死は民が望んだことだ」

「そんなもの、叶えなくていいわ」

「叶えない理由が俺にはない」

「ある！」

何一つとして大事でないから、何もかもを等しく扱えるというのなら。

何か一つでも大事なものがあれば、その天秤は傾かざるを得ない。

だからニニムは、決意と共にウェインの手を握りしめた。

「私が、貴方のっ、大事なものになるわ！」

あるいはそれは世間知らずの傲慢（ごうまん）なのかもしれない。

ウェインの持つ神聖を貶める行為なのかもしれない。

だけど、決めたのだ。

誰に言われたわけでもなく、誰に押しつけられたわけでもなく。

この王子様を独りぼっちで死なせたりなんてしないと、彼女自身の意思によって、今この時、彼女は己の道を定めたのだ。

「……どうやってだ？」

ウェインは、少しばかりの沈黙を挟んでから言った。

「どうやって俺の大事なものになる？」

「そんなの解るわけないでしょ！」

ニニムは叫んだ。

「むしろ教えて欲しいくらいだわ！　どうやったら貴方の大事なものになれるのよ⁉」

これにはウェインも困った顔になった。

そんな彼にニニムは言った。

「解らないなら、一緒に考えて、一緒に悩んで、一緒に迷ってよ！　そのためにも、こんなところで死なないでよ、ウェイン……！」

今の自分に出来る、精一杯の言葉を並べて、ニニムは祈るようにウェインを見つめた。

こちらの言葉が届いているのか届いていないのか、その表情からは摑み取れない。

そして先ほどより長い沈黙が両者の間に横たわり、火の気配が強まってくるのを感じたところで、ウェインは口を開いた。

「……さて、どうするかな」

その呟きは、ニニムは衝撃を受けた。

この期に及んでもなお、彼の天秤は揺らがないというのか。

失意、無念、悲哀が胸中を過るが――しかしその後に湧き上がったのは、怒りだ。

いや本当に段々ムカついてきた。こんなに必死になってるのにどうしようかなあとか、完全に舐めてるとしか思えない。いっそ二回か三回引っぱたいても許されるのではないか。

「待て、落ち着け」

ニニムの感情を感じ取ったのか、ウェインが遮るように言った。

「どうするかは、逃げる手段だ」

「え……？」

「俺の死体が見あたらなければ、奴らの捜索は苛烈になり、この通路も見つかるだろう。どうやって巻くか、考える必要がある」

それは、つまり。

ウェインの言葉の意味をくみ取って、ニニムの表情が明るくなった。

その時だ。

「殿下――――！」

邸宅の外から、信じられないほど大きな声が響いた。

「御無事ですか、殿下！　今お助けしますゆえ、しばしお待ちを！」

物置部屋からでは外の様子は見えないが、声はラークルムのものだ。

救援だ。ニニムは思わず喜びの声を上げげそうになるが、しかしウェインは顔をしかめる。

「戻ってきたのか……多勢に無勢だろうに」

これにニニムもハッと気がつく。邸宅は何人もの暗殺者で囲まれている。いかにラークルムが奮戦しようと、限界はあるだろう。

しかしそこで更に声が届いた。

「急げ急げ！　殿下達は邸宅の中だ！　敵を追うより救助を優先しろ！」

声はレヴァンのものだった。しかも彼ら以外にも、複数の声と剣戟（けんげき）の音が響く。

「なるほど、兵を伏せておいたのか、レヴァン」

命を狙われている王子が、少ない護衛と共に暮らしているのだ。

いかに王子自身が護衛の増員を望まなくても、家臣として何もしないわけにはいかない。ましてウェインが知るところではないが、レヴァンにとってみれば、ここにはウェイン以外にフラム人の重要人物たるニニムもいるのだ。

有事の際にはすぐに駆けつけられるよう、密（ひそ）かに兵を伏せておくのは当然の判断だった。

「ええっと……」

急変する事態を呑み込めず呆気に取られるニニムだが、そんな彼女が握りっぱなしの手を、今度はウェインが引いた。

「行くぞニニム。これなら外に脱出してラークルム達と合流する方が安全だ」

「う、うん」

そうして二人は手を繋いだまま、部屋を出た。

ラークルム達の下に到着するまで、その手が離れることはなかった。

◆◇◆

目が覚めたニニムは、己の手を見つめながら二度三度と握りしめた。

もはや古い思い出だ。けれど今もあの時の感触が残っている気がする。ウェインの手と、その手から握り返された時の感触が。

「……全部話そう」

不意にニニムは思い立った。

最近のウェインが何を考えているのか解らず、不安だった。それと並行して発生したフラム人の問題が難題だった。だから一人で抱え込み、どうにかしようと思ってしまった。

けれどそれは間違いだった。問題、葛藤、苦悩、全てそのままぶつければよかったのだ。そして一緒に考えて、一緒に悩んで、一緒に迷えばいい。この手に残る感触が、それが正しいと教えてくれている。

「そうと決まれば、急ぐべきね」

ニニムは起き上がった。まだ会議の最中だろうか。それならそれで構わない。とにかくウェインの下へ行こう。そう思うと、あれだけ沈んでいた心が軽くなった。

けれど身支度している最中、部家の扉が叩かれた。

現れたのはレヴァンだった。

「レヴァン様？　どうしたのですか？」

ニニムは二重の理由で戸惑う。それはウェインの補佐を務めているはずの彼がここに現れたことと、その表情があまりにも重く沈んでいたためだ。

「まさかカルドメリアとの会談で問題が？」

これまでの経験から、ウェインが何かやらかしたのかとニニムは青ざめる。

しかしこれにレヴァンは頭を横に振った。

「いや、会談そのものは成立した。幾つかの約定が果たされた後、ナトラは西側へつくことになるだろう」

「ウェインの方針通りですか」

「……そうだな」

ホッと安堵するニニムだったが、ウェインの名を出した途端、レヴァンの眉根が歪んだのを彼女は見逃さなかった。

「レヴァン様、でしたらレヴァン様と殿下との話し合いの方で何か？」

「……」

沈黙は肯定を示していた。カルドメリアとの会談が無事終わったものの、その後で行われたウェインとレヴァンの会談については、残念ながら芳しくない結果だったようだ。

しかし、今のニニムはそれに釣られて暗くなることはなかった。

「レヴァン様、私と一緒にウェイン殿下ともう一度話し合いましょう。全てを包み隠さずお話しして、相談すれば、きっと道は拓けます」

意気込みを新たにしたニニムの言葉は、前向きな自信で溢れていた。

余人が聞けば事情を知らずとも頷いてしまいそうだが――しかしレヴァンは頭を横に振る。

「その必要はない。……いや、無理というべきか」

「無理とはどういうことです？」

払拭できない不穏な気配に、ニニムは僅かに怯んだ様子を見せる。

そんな彼女に向かって、レヴァンは告げた。

「ウェイン殿下は、先ほど亡くなられた」

「…………は？」

レヴァンの言葉の意味が、何一つとして理解出来なかった。

「え、な、亡くなっ……？」

「正確には、私が殺した」

ウェインを殺した。

レヴァンが、ウェインを。

たったそれだけの情報を受け入れるのに、十数秒の時間を要した。

そして理解したと同時に、全身から血の気が引き、心胆から震えが沸き起こった。

「う、嘘ですよね？　レヴァン様」

「嘘ではない」

必死になって絞り出した声は、簡単に一蹴される。

「じ、じゃあ、間違いとか、冗談とか」

「私がそんなことを口にすると思うか？」

「う……あ」

反論が出てこない。

だって彼の言う通り、こんな嘘も、間違いも、冗談も言う理由がない。

でも、だけど、それじゃあ。

本当に、ウェインが殺されたことになってしまうじゃないか。

「全てはフラム人の悲願のため。脅威は速やかに取り除かねばならん。そしてニニム……いや、偉大なる始祖の血を引く末裔よ。貴女にはこれからフラム人の旗幟として立ってもらう」

レヴァンが何かを言っているが、ニニムは凍り付いたまま、どこか遠くの出来事のようにそれを聞いていた。

今の彼女に解るのは、自分の望まない道が定まってしまったということだけだった。


後の世で、賢王大戦と呼ばれるこの時代。

ウェイン・サレマ・アルバレストの死の報せは、瞬く間に広まった。

そしてこれより、大陸はこの時代で最大の動乱を迎えることとなる。

エピローグ

「殿下！　恐れながら申し上げますが、今回の危機は殿下の軽率な判断が招いた結果であると言わざるを得ません！」

「私もレヴァン様に同意させて頂きます。予(あらかじ)め護衛の兵が近隣に伏せられていなければ、どのような事態になったことか……」

火が放たれた邸宅を脱出し、無事ラークルム達と合流したウェインとニニム。

暗殺者達は撃退され、邸宅も消火されたものの、半(なか)ば以上に焼け落ちた邸宅でこれ以上過ごすのは、安全面でも警備面でも難しかった。

そのため邸宅については一度放棄することになり、当面の逗留(とうりゅう)先として以前赴(おもむ)いた街の宿へと一行は向かった。

そして到着早々、ウェインはレヴァンとラークルムに怒られているわけである。

「この街までは無事に到着しましたが、些(いささ)か人目に付きすぎました。やんごとなき御方が逗留していることは、遠からず町中に知られることでしょう。御身(おんみ)の安全のためにも、今すぐにでも王宮へお戻り願いたく存じます……！」

レヴァンがそう強弁を振るえば、

「先の暗殺者達は退けましたが、まだ残党がいる可能性もあります。慣れぬ土地柄もあり、ここでの警備が万全とも言い難いところです。一兵卒の私ごときが口を挟むことではないとは重々承知しておりますが、これ以上殿下がどこぞの別荘で隠棲するのは現実的ではないかと」

ラークルムもまた苦言を呈する。

そうして大の大人二人に詰め寄られ、ウェインは小さく嘆息した。

「そうがなり立てるな。俺もこれ以上王宮を離れるつもりはない」

これにレヴァンは驚き、そして喜びを浮かべた。

「殿下、それでは……！」

「早急に帰還の手配をしろ。終わり次第ここを出立する」

「すぐに取りかかります！」

レヴァンは部屋を飛び出して行った。

「……よろしいのですか？」

問いかけるのはラークルムだ。

帰還を促しておきながら、あっさりと頷いたウェインに彼は違和感を抱いていた。

「潰滅したかはともかく、俺の暗殺を企てる連中が痛手を被ったのは間違いないだろう。ならばこれ以上身を隠している必要もない。違うか？」

「……いえ、仰る通りです」

釈然としない面持ちながらも頷くラークルムに、ウェインは言った。

「それと、今日までのお前の忠勤について、俺は高く評価している。帰還した後、褒美を取らせよう。楽しみにしておけ」

「はっ。ありがとうございます！」

ラークルムは敬礼した後、ウェインに視線で促されて退出した。

それと入れ替わるようにして、ニニムが部屋に顔を出した。

「ええっと殿下、少しよろしいでしょうか？」

「構わん」

ウェインの許しを得た彼女は、彼の前に立つと、大きく息を吸って、吐いて、それから力の限り頭を下げた。

「あの！　私とんでもなく失礼なことを言ってしまって、申し訳ありません！」

ラークルム達に保護され、ウェインと一緒にこの街まで運ばれてきたニニムだったが、その頃には頭も冷えていた。そして自分が一国の王子に何を口走ったか顧みて、これはもう頭を下げるしかないと決意した次第である。

「なかなか新鮮だったぞ」

ニニムは胃がきゅっとなるのを感じた。ギリギリ許されそうな、許されなさそうな、微妙なコメントだ。彼がどういう想いでそう口にしたのかと、ニニムは恐る恐る顔を上げた。

ウェインは、微笑を浮かべていた。

「……わあ」

「どうした？」

「いえ……殿下が笑ってるのって、初めて見た気がして」

ニニムに言われて、自分でも気づいていなかったのか、ウェインは意外そうな顔をして己の口元に手をやった。その様子がなんだかおかしくて、ニニムもつい笑ってしまう。

「まあいい。それよりニニム、これからどうする？」

ウェインは言った。

「俺の大事なものになる、という話だったが、王宮についてくるか？」

「いえ、一度郷に戻ろうと思っています」

ニニムは迷いなく応じた。

「殿下の大事なものって何だろうって色々考えて、まだ答えは出てないんですけど、でもこのまま殿下についていくのじゃダメだと思うんです。今の私は殿下の足を引っ張るだけで、全然お役に立てません。殿下を支えられるというか、頼られるというか、そういうのが大事なものの第一歩かなって思うんです」

「それで里帰りして鍛え直すと」

「はい。殿下もご存知の通り、王族の方々にはフラム人の補佐がつきます。私はフラーニャ殿下の補佐候補だったんですけど、決めました。ウェイン殿下の補佐官を目指します！」

ニニムの声は力強い決意で溢れていた。

あれほど迷い、苦悩していた頃とはまるで違う、鮮烈な輝きがそこにはあった。

「慣例的に王族の男児には男の、女児には女のフラム人がついている。なかなか難しいぞ」

「望むところです！」

「俺が言えば一足飛びで任命も可能だが」

「それはダメです！」

清々しい応酬に、ならば、とウェインは言った。

「待っているとしよう。お前が自らの足で、俺の前に現れる日を」

「はい！　頑張ります！」

少年と少女の家出から始まった数奇な縁は、かくして、かけがえのない約束へと至る。

どれほど記憶が色あせようとも、その絆は二人の間で輝き、光を失うことはない。

「それと殿下、あの、もしも私が補佐官になれたらですけど……ごにょごにょ」

「うん？　そんなことか。人目がなければ今からでも構わないが」

「ほんと？　それじゃあ――すぐに会いに行くから、待っててね、ウェイン！」

「期待してるぞ、ニニム」

意気込みのままニニムは頷き、そんな彼女に、ウェインは再び微笑(ほほえ)みを浮かべた――。

あとがき

皆様お久しぶりです、鳥羽徹です。

この度は「天才王子の赤字国家再生術12～そうだ、売国しよう～」を手に取って頂き、誠にありがとうございます。

今作のテーマは「ニニム」！ 一巻からウェインの傍にいた彼女にまつわるあれやこれやが何だかんだでそんなことに⁉ な内容となっております。今回のはいつか書かなきゃならないと考えていたエピソードであり、また読者の皆さんからも求められていたエピソードでもあると思いますので、是非とも楽しんで頂ければ幸いです。

それはそれとして、天才王子のアニメの方は如何でしたでしょうか？

自分的にはあっという間の十二話でした。喋って動くウェイン達を見るのが本当に楽しかったです。そして終わってからは寂しい気持ちで一杯に。

アニメ放送後の作家さんの多くがアニメロスに見舞われ、ほげほげな精神状態になるとは聞いていて、ほんとかよーなんて思ってたんですが、ほんとでした。ほげほげ。

ともあれそろそろ気合いを入れ直しで、本編の方を頑張ろうと思います。

そしてここからは恒例の謝辞を。

新担当の杉浦さん。初っ端からご迷惑をおかけして申し訳ありません！　シリーズ的には佳境ですが最後までよろしくお願いします！

イラストレーターのファルまろ先生にもご迷惑をおかけして申し訳ないです……！　それなのにイラストの方は変わらず素晴らしい出来映えで、本当にありがとうございます！

読者の皆様にも感謝を。アニメをきっかけにより多くの人に原作が読まれるようになって、とても嬉しいです。これまでシリーズを支えてくれた方と、新しくこのシリーズのファンになってくれた方、両方を楽しませることが出来るよう今後も頑張ります。

そしてスマホアプリのマンガＵＰ！様にて、えむだ先生のコミカライズも好評連載中です。こちらも是非とも応援よろしくお願いします！

さて次の13巻ですが、色々と激動の展開になる予定です。

勢力と思惑(おもわく)が入り乱れ、混沌となる大陸に果たして光は差すのか。

気合いを入れて描くつもりですので、是非とも楽しみにして頂ければと思います。

それではまた、次の巻でお会いしましょう。

ファンレター、作品の
ご感想をお待ちしています

〈あて先〉

〒106－0032
東京都港区六本木2－4－5
SB クリエイティブ（株）
GA文庫編集部 気付

「鳥羽　徹先生」係
「ファルまろ先生」係

本書に関するご意見・ご感想は
右の QR コードよりお寄せください。

※アクセスの際や登録時に発生する通信費等はご負担ください。

https://ga.sbcr.jp/

天才王子の赤字国家再生術 12
～そうだ、売国しよう～

発　行　　2022年9月30日　初版第一刷発行

著　者　　鳥羽　徹

発行人　　小川　淳

発行所　　SBクリエイティブ株式会社

〒106−0032

東京都港区六本木2−4−5

電話　03−5549−1201

03−5549−1167(編集)

装　丁　　冨山高延（伸童舎）

印刷・製本　中央精版印刷株式会社

ISBN978-4-8156-1641-0

Printed in Japan

GA 文庫

試読版は
こちら!

見上げるには近すぎる、離れてくれない高瀬さん

著：神田暁一郎　画：たけの このよう。

GA文庫

「自分より身長の低い男子は無理」

　低身長を理由に、好きだった女の子からフラれてしまった下野水希。すっかり自信を失い、性格もひねくれてしまった水希だが、そんな彼になぜかかまってくる女子がいた。

　高瀬菜央。誰にでも優しくて、クラスの人気者で――おまけに高身長。傍にいるだけで劣等感を感じる存在。でも、大人びてる癖にぬいぐるみに名前つけたり、距離感考えずにくっついてきたりと妙にあどけない。離れてほしいはずなのに。見上げる彼女の素顔はなんだかやけに近く感じて。正反対な二人が織りなす青春ラブコメディ。身長差20センチ――だけど距離感0センチ。

カノジョの妹とキスをした。4

著：海空りく　画：さばみぞれ

GA文庫

「……博道くん。たすけて……」

理不尽な大人の脅迫により演劇が出来ないほど傷ついた晴香は、心の拠り所に俺を求める。

でも……俺はもう晴香を求めてはいなかった。俺の心にはもう時雨しか居ない。晴香の心が落ち着けば別れ話を切り出そう。迷いは無い。時雨の与えてくれた『猛毒（あいじょう）』が俺の心の奥底まで染み込んでいたから。

だが俺は心するべきだった。『猛毒（あいじょう）』とは身を滅ぼすが故に毒なのだと。

毒々しく色づいた徒花が、堕ちる。"不"純愛ラブコメ、最終章――

試読版は
こちら!

試読版は
こちら!

ゴブリンスレイヤー 16

著：蝸牛くも　画：神奈月昇

GA文庫

「やっぱり嬉しい？　あの子たちが勝ってるの」

馬上槍試合(トーナメント)に沸き立つ王都へやってきたゴブリンスレイヤーたち。試合で活躍する圃人(レーア)剣士、そして少年魔術師の成長を見守り、束の間の休息を楽しむ彼らだが、再会した王妹が倒れた事で事態は急変する。王妹は何者かに〝呪われて〟おり、熱狂渦巻く王都の裏には――邪悪な灰の気配が広がりつつあった。

急遽王妹の代役を引き受けることになった女神官。そして――。

「ゴブリンならば、俺が行こう」

ゴブリンスレイヤーは王命を受け、その根源に立ち向かう！

蝸牛くも×神奈月昇が贈るダークファンタジー第16弾！

試読版は
こちら!

試読版は
こちら!

ひきこまり吸血姫の悶々８

著：小林湖底　画：りいちゅ

GA文庫

「ここどこ？」

　コマリが目を覚ますと、そこはいつものように戦場……ですらなく、さらにとんでもない場所――「常世」だった。コマリとともに常世に飛ばされてしまったヴィル、ネリア、エステル。４人はコマリを中心とした傭兵団「コマリ倶楽部」を結成して未知の世界を旅して巡る。そして出会った一人の少女。

「ヴィルヘイズ……？」

　その少女コレットは、ヴィルのことを知っているという。

　別世界であるはずの常世に、なぜヴィルのことを知る人物が？　元の世界に戻る方法は？　新たな世界「常世」の謎にコマリたちが挑む！